お助けキャラに転生したので、ゲーム知識で無双する2

〜運命をねじ伏せて、最強を目指そうと思います〜

しんこせい

BRAVENOVEL
ブレイブ文庫

第一章　不良少年と不良王女

王立ユークトヴァニア魔法学院。

そこは王国の中でもっとも特別で、そして名の知れた魔法の学び場である。

純粋に学問的な水準が高いだけではない。

この学院に通えるようになれば、得られるメリットが数多く存在する。

まず、この学院には王族が通っているというメリットがある。

王族とお近づきになることさえできれば、大貴族の息子たちは王家との親戚関係を結べる芽が出てくる。そうでない、家督を継げぬ次男坊三男坊であっても、王族と知己になれば親衛隊に抜擢される可能性も出てくる。

この国を治める王の一族との関係性を築ける可能性があるというだけで、この学院には値千金の価値がある。そして政治的な意義だけではなく、純粋に将来性を考えても、ユークトヴァニアに入ることには大きな意味がある。

この学院を卒業したこと自体が、王国でのエリート階級への何よりの近道になるのだ。

現在のフェルナンド王国の支配者階級やその下で実質的な手足として働く官僚・武官たちの主立った面子《めんつ》の出身校は、このユークトヴァニア魔法学院である。

優秀な人材を数多く輩出してきたという実績のある、学院の信頼性は高い。

そのためここを卒業すれば、仮に下級貴族の子であったとしても仕官先は引く手数多《あまた》となり、自分から職場を選べる余裕が生まれるほどとなる。

その他にも、ここへ通えているというだけでその両親たちは貴族社会である種のステータスのような物を持つこともできたり、ユークトヴァニア派と言われる魔法学院の卒業生たちによるＯＢ会がかなりの力を持っていたり……とこの魔法学院に入れることには、指折り数えていては片手では足りぬほどのメリットが存在する。

そのため王国のあらゆる有力貴族は、皆こぞって我が子をこの学院に入れようと躍起になる。貴族家の次男や三男といった家督の継げない子供たちも、なんとしてでもこの学院に入り、将来の道筋をつけようとする。

だが今まで、平民に対して魔法学院入学への道は開かれてはいなかった。

これは古い、通俗的で、しかし支配的な一つの考え方による。

『魔法とは、貴族の優れた血統によって使用が可能となる高貴なる御業である』

血統による魔法の才能の遺伝は事実であり、実際に非貴族階級から魔法使いが出ることは非常に稀《まれ》である。

そのため数多くの平民に試験を受けさせる暇があれば、才能のある可能性の高い貴族家ゆかりの者たちを集めた方が手っ取り早く、かつ優秀な可能性が高いという考え方が、未《いま》だ支配的であった。

しかし近年、そうも言っていられない事態が発生し始めている。

それが原因不明の、魔物たちの凶暴化現象だ。

例えばゴブリンやスライムのような最弱とされる魔物でさえ、明らかな凶暴化の兆候を示していた。

近年では騎士団が魔物に壊滅させられたという話は決して珍しいものではなくなり、各領では対魔物のために軍事予算が年々増加傾向にある。

このように、近年フェルナンド王国では猫の手も借りたいような状況が続いている。

そのため王立魔法学院は、徐々にではあるが才能を持つ平民への門戸を開くことを決めた。

しかし平民の入学に対する、貴族たちの目は厳しかった。

そこで校長であるマリア＝ランドルフ名誉子爵は一計を案じた。

魔法の才能はあるが非貴族階級である優れた生徒を、特待生として迎え入れるという形を取ることにしたのだ。

貴族階級であっても、圧倒的な才能の差を見せつけられてしまえば文句は封殺できる。

そして一度慣例が打破されてしまえば、二度目三度目と繰り返すごとに追及の手は緩くなっていく。

そんな思惑から、魔法学院には特待生制度が導入される運びとなった。

その枠は最初は一つの予定だったのだが――――王命により、二つに増設されることとなる。

その一枠目が、既に埋まってしまっていたからだ。

王の推薦により、ライエンという少年が入学試験の受験資格を得ることが決まっていた。その理由は表向きには、ライエンが武闘会の年少の部で活躍をしたから――ということになっている。

実際のところはそれに加え――巫女《みこ》の神託《しんたく》により、ライエンが勇者であることが発覚したという事情が重なっている。

最初の特待生枠が勇者一人では、それは平民を入れたという前例にはなり得ない。

そのため急遽《きゅうきょ》特待生の枠が増設されることとなり――現在、魔法学院では入学試験が行われている最中だった。

入学試験は筆記と実技の二つに分かれている。

まずは受験生たちを筆記試験というふるいにかけ、残った者たちに魔法と剣技の実技試験を行わせるという構成だ。

今この場に残っているのは、筆記試験をくぐり抜けた上位10％の受験生のみである。

商家の三男、一代騎士の息子、傭兵上がりの少年兵……色々な顔ぶれがその場に揃《そろ》っている。

魔法の実技の試験内容とは、五メートル先にある的を射貫くこと。

木製の的には円形に色が塗られており、外側から青・黄・赤という風に着色がなされている。

そして中心部には×印がつけられていた。

「では次――二十五番、前へ」

「はい！」

受験生の一人が前に出る。

見習い用の杖《つえ》を持った、前髪で目を隠している少年だ。

おどおどとする受験生を見ても、試験官はキツい態度を変えなかった。

その試験官――王立学院の教師であるキンドールは学院の中に一定数いる、平民に差別意識を持っている者の一人だった。

「まず赤を打ち抜け」

「――は、はいっ！」

少年は目を瞑《つむ》り、魔法発動の準備を終え――初級火魔法であるファイアアローを打ち出す。

魔法発動までの時間も長く、また威力も心許《こころもと》ない。

放たれた炎の矢はひょろひょろと飛んでいき、そして的の黄色い箇所へと当たる。

「ふんっ……不合格だ。それでは次、二十六番」

「ちょ、ちょっと待ってください！　もう一度チャンスを――」

「ならん、ユークトヴァニアの生徒の質を落としてはならんからな」

取り付く島もなく、その受験生は退場させられる。

新たな受験生が呼び出され、的の中心部である赤を狙えという精密なコントロールを求められ、失敗していく。

たまたまそれに成功した者もいたが、打ち抜かれた場合キンドールは次に×印を狙えという無理難題を口にした。

まぐれで当てることができた者も、また実力でなんとか的中させることができた者も、さすがにこれほど離れた的にピンポイントで魔法を当てることはできなかった。

キンドールは彼ら全てに不合格を言い渡し、手に持っている試験監査表の名簿に斜線を引いていく。

すぐ隣には彼よりも年少の教官たちがいたが、文句をつける者はいなかった。

ユークトヴァニアで学べば光るような、彼らのお眼鏡に適《かな》う人材がいなかったからだ。

キンドールは平民からの合格者を、水準を満たす者なしとして誰一人として出すつもりはなかった。全員を不合格にすることに昏《くら》い喜びを覚えているその姿に、受験者たちは皆ありありと不満げな表情を浮かべながら試験場をあとにする。

だが誰もさすがに文句をつけることができず、一人また一人と退出していき……最後に一人の受験生がやってきた。

「では受験番号百二十八番、前へ」

「はーい」

ふざけた態度を隠そうとしないその少年は灰色の髪をしたごく普通の見た目をしている。

着ているのもローブではなくただの麻の服で、キンドールから見れば貧乏くさいことこの上なく見えた。

生意気な態度に眉を顰めたキンドールは、内心で笑いながら告げる。

「ではあの的の×印を射貫け」

やれるものならやってみろ、そう言わんばかりのキンドールの顔を見た少年は、コクンと一つ頷《うなず》いた。

まるで気負いのないその様子に、キンドールはわずかな違和感を覚えた。

だがそんな感覚は、すぐに掻《か》き消される。

「魔法の弾丸《マジック・ブリット》」

少年が発音するのと同時、魔法の弾丸が生成され、即座に射出される。

ダァンッ!

目にも留まらぬ速さで打ち出されたその弾丸は、一瞬のうちに的を貫通した。

ブスブスと煙の上がる的の中心部――×印を、的確に射貫いた形で。

「――なあっ!?」

キンドールは驚き、慌てふためいていた。

近くにいる教官たちも、さすがに目を見張っている。

まずい、このままでは魔法技能試験を通過されかねない。

次の剣技の実技試験となれば、キンドールの管轄からは外れてしまう。

もしそうなればこの平民の少年が合格してしまいかねない。

「ま、まぐれの可能性がある! もう一度――」

「一度と言わず、何度でも。魔法の連弾、十連」

少年は魔法の弾丸を何度も発射した。

今度は一度として、着弾の音が聞こえてこない。

やはりまぐれだったのだ――と頷いていたキンドールは、顔を上げてそれがぬか喜びであったことを知る。

少年は的を外していたのではなく――自らが穴を開けた箇所に、寸分違わず全ての魔法の弾丸を撃ち込んでいた。

音が鳴らなかったのは、後ろにある緩衝材へ魔法が飛んでいたためだったのだ。

そのコントロールは、教師であるキンドールから見ても異常そのものだった。

彼は救いの手を求めるように、周囲の者たちへと目を向ける。

だが慈悲はなく、彼らはみな一様に少年に興味津々《しんしん》な様子であった。

もはやこうなれば、仕方あるまい。

がっくりと肩を落としながら、キンドールは小さな声で呟《つぶや》いた。

「――合格だ、次の試験へ進みなさい」

「うぃーっす」

その無礼な態度を咎《とが》める者は、誰一人としていなかった。

既に少年が魔法操作の精密性においては、そこにいる大人たちの誰をも凌駕《りょうが》していたからだ。

こうして彼――アッシュは、障害を押しのけて試験を突破する。

そして次の剣技の実技試験も難なく乗り越え……無事、王立ユークトヴァニア魔法学院へ合格することに成功したのだった――。

ユークトヴァニア魔法学院は、各方面に配慮の行き届いたエリート学校である。

都会に出てきて、自分の出身地と違う人の多さと自然の少なさに落胆する人間は多い。

そのため校舎の周辺には緑化のために木が植えられており、それほど大きくはないが家庭菜園サイズの花壇などが設置されている。

けれど人とは慣れる生き物。

自然を見て懐かしさや安堵《あんど》を覚える者は多くとも、王立学院に入ってまで昔のような木登り遊びに勤《いそ》しむような奇特な人間は存在しない。

そう……ごく一部の例外を除いて。

「ふあぁ……ねむ……」

大きなあくびをしながら木に背中を預け、頭の後ろで腕を組んでいるのは、授業が開始する時間にもかかわらず、一向に動き出す気配のないアッシュである。

アッシュは無事、王立ユークトヴァニア魔法学院に入学することができた。

本来ならライエンが入るはずだったが、アッシュが武闘会で本気を出して戦いすぎた結果、ライエンは王の目を引きそのまま王の推薦で学院に入学してしまった。

結果として特待生枠が一つ余ったので、アッシュはそこに無事滑り込むことができたのだ。

いくら王国の中でも選りすぐりのエリートたちが通う学院とはいえ、前世の知識があるアッシュからすれば試験内容はさして難しくない。

数学とは名ばかりで基礎的な四則演算や幾何学の初歩的な問題が出る程度。

フェルナンド王国は歴史もそれほど長い国ではないため、前世での日本史と比べれば覚えることも少なく、非常に楽ちんだった。

そして実技試験も、それほど難しくなかった。

ｍ９においてはライエン上げを行うために、教師キンドールが登場する。

そしてライエンを絶対に落とそうとしていた彼は、戦って見事にボロ負けし、鼻水を啜《すす》りながら教師としての資格を剥奪《はくだつ》される。

『ライエン絶対落とすマン』というあだ名をもらっていたキンドールが試験官として現れた時は、正直かなりビビった。

下手をすれば難癖をつけて落とされかねない……と思い、威力は高くないが少しばかり正確に魔法を使いすぎてしまった。

おかげでライエンだけではなく、アッシュにまで注目度が高まる事態に発展していた。

それにより、学院内で多大な時間を浪費してしまうことを憂慮したアッシュは――無能を演じることを決めた。

それに、既にアッシュが知る情報とは違う状態へ変わってしまったものがいくつもある。

これ以上この世界がゲーム世界からずれてしまわぬよう、アッシュは自分がすることは最低限に抑えておきたいと考えていたというのも理由の一つだ。

彼は授業を単位が取得できる限界ギリギリまでサボり続け、魔法や座学も全て落第スレスレの点数で合格。

そんなことを繰り返していると、アッシュの狙い通り、周囲からの視線はどんどんと落胆を含んだものへと変わってくれた。

試験官を含む大人たちの間で、厳しい箝口令《かんこうれい》が敷かれていたことも大きい。

ライエンに関するあらゆる情報をシャットアウトするために、教師陣はかなり厳しい情報統制を加えられている。

そのためアッシュが試験でとんでもない精密射撃をしたことを知る人間は極々一部。

『ライエン絶対落とすマン』だったキンドールは今や『アッシュ絶対留年させるマン』へと変《へん》貌《ぼう》を遂げており、ことあるごとにアッシュから単位を奪おうとする。

けれどぶっちゃけた話――アッシュからすれば、学校の単位など本当にどうでもよかった。

アッシュがこの王立魔法学院に入ってきたのは、そもそもの話m9の登場キャラクターたちと誼《よしみ》を通じておきたかったから。

そして中でも一番の目的は、高笑いしているドリルロール似非悪役令嬢であるメルシィを遠目に見て、尊みを感じていたかったからだ。

そもそもアッシュが入学をせずとも、ストーリー的にはなんら問題はない。

ゲーム内ではアッシュは入学などせずに、冒険者として活動を続けていたからだ。

けれど実際のゲーム内よりも、現在のアッシュの方が冒険者生活は長い。

セピアという名前で登録をしてはいるものの、既に冒険者としては中堅どころであるCランクまで昇格を終えている。

今回はユークトヴァニア学院生として、生徒たちが『始まりの洞窟《どうくつ》』へ潜る日取りを内側から確認することもできる。

ライエンたちが潜る日取りを掴《つか》むことさえできれば、問題なく先輩冒険者セピアとしてゲーム内と同じく活動をすることができるはずだ。

アッシュは現在、学校を可能な限りサボっては自己鍛錬に勤しんでいる。

冒険者のランクを見ればわかるように、既にいくつもの迷宮に潜っては、様々な魔物を倒していた。

おかげで今では、かなり魔法のレパートリーも増えている。

初級魔法と極大魔法だけという以前のようなアンバランスなものではなくなっていた。

だがアッシュは、未だ自分の戦闘能力はまったく足りてはいないと考えていた。

彼が今何よりも欲しているのは、自らが最も得意としている魔法の弾丸の亜種となる、『属性魔法の弾丸』である。

しかしこれを入手するためには、一週間以上の時間をかけて遠出をしなくてはならない。

以前のように親の目を気にする必要はなくなったアッシュではあるが、さすがにそこまでの時間をかけてサボり続ければ、向学心なしとして学院を退学させられかねない。

メルシィのことはまだまだ見ていたいし、ついでにライエンたちが迷宮に潜るタイミングを絶対に知らなくてはならない現状では、退学になるのは好ましくない。

そのためアッシュは日帰りか、長くとも二泊三日以内には収められる範囲内で遠征を繰り返していた。

極大魔法の合成による極覇魔力弾の威力は高いが、あれは未だ使うまでの隙《すき》が大きい。

その隙を補うためには、魔法の発動を遅らせる遅延《ディレイ》と、手数も多く威力も高い『属性弾丸』を組み合わせ、必殺技を放つための時間を捻出《ねんしゅつ》しなくてはならない。

そのための方法をなんとかして探しているのだが……未だ答えは見つからぬまま。

今日も今日とて、アッシュは魔法学院で劣等生を演じていた。

(ん、何か生き物の気配が……って、イライザ王女殿下!?)

アッシュは自分がいる木の下に何者かの存在を感じ、なんとなく視線を下げた。

そして彼の見つめる先では――。

「にゃあん、にゃあお！　……ふふっ、やっぱり猫ちゃんはかわいいなぁ」

学院内では不良王女として有名なイライザが、猫と戯れていた。

アッシュはその姿を見て――号泣していた。

(と、尊い……)

フェルナンド王国第一王女イライザ。

常に周囲から目をかけられ続けた結果、彼女はその期待に応えることに疲れてしまい、グレた。

不良ぶって授業はサボるが、ちゃんとテストは満点を取るという不真面目系優等生な彼女のかわいらしい姿は、自分なら一枚絵に採用するだろうと思えるほどに素晴らしいものだった。

常につまらなそうな顔をして周囲を睨んでいるイライザは、実はものすごくかわいいものが好きだ。

誰も入れたことのない私室の中は、実はかわいらしいぬいぐるみでいっぱいなのである。

そのギャップが、彼女が人気投票で上位に居続ける理由の一つだ。

くまさんぬいぐるみの名前は、くまくま。

おおかみさんのぬいぐるみの名前は、べおべおくん。

サイさんのぬいぐるみの名前は、りのさん。

ベッドの上でぬいぐるみを抱きしめているイライザの一枚絵と、彼女がライエンを思いぐるぐるとベッド上を転がり出すイベント。

既に薄れ始めているそのゲーム内での出来事を思い出し、アッシュは嗚咽《おえつ》していた。

「――誰だっ!?」

「あ、まずっ！」

木の上でむせび泣いている男がいれば、さすがに猫ちゃんを見て気が緩んでいたイライザであっても異変に気付く。

結果としてアッシュは――まったく予想外の場面で、イライザと邂逅《かいこう》することになってしまった。

「お前は……アッシュ、で合ってるか？」

「……」

アッシュはどうするべきかを考えた。

ここでイライザとエンカウントする可能性は考えていなかった。

アッシュは入学してからあまり授業には出ず、基本的にｍ９の主要キャラクターたちとは接触をしない方針を採るようにしていた。

もちろん積極的にｍ９キャラに関わろうと、武闘会にまで出た彼がこのような方針転換をしたのには理由がある。

――アッシュが知っているものとは、この世界の歴史が変わり始めているのだ。

彼が知っている、ゲーム時と比べた変化は二つ。

まず一つ目は、シルキィが既に『風将』の位を譲り受け、王国最高峰の風魔術師として認められていること。

詳しい理由はわからないが、恐らくはアッシュとの出会いによって触発され、一層の鍛錬に励んだからだと考えられる。

こちらはまだいいのだ。

問題は二つ目である。

こっちの方は、さすがに見逃せない問題だった。

――勇者来たれりという巫女の神託が、ゲームの頃よりも一年早く下ったのだ。

本来ならライエンは学校へ特待生枠で入り、入学してからヒロインたちと交流し、そこからしばらくした段階で彼が勇者であることが発覚する。

だが今回の場合、ライエンは入学前から勇者であることが発覚している。

これは恐らく、アッシュが彼の固有スキル『勇者の心得』の力をある程度解放させてしまったことが原因だと考えられる。

こちらに関しては、本当に迂闊《うかつ》だった。

勇者の正体が既に判明していることが魔王軍側に伝われば、王都防衛を始めとする各種イベントの日程に変更が加わるはずだ。

そして人間側に魔王軍への内通者が複数いることをアッシュは知っている。

情報は既にあちらへ漏れていると考えた方がいい。

無論、ライエンは本来の正史よりかなり強くなってはいる。

恐らくは一年神託が早くなったことよりも、二年以上早くに勇者スキルに覚醒したことの方が、トータルで見ればプラスにはなっているはずだ。

自分でしたことではあったが、結果的に一年近い時間をかけて徐々に解放する勇者スキルを、アッシュは全て引き出すことに成功している。

その分も加味すれば、お釣りがくるとは思っていた。

会って下手に勘付かれるのが嫌なためにほとんど顔を合わせてはいないが、恐らく今のライエンは、本来のゲーム世界の頃の彼よりはるかに強くなっているはずだ。

だからまあ、問題はないと言えばないのだ。

いくつかの重要イベントが前倒しになるとはいっても、究極的には彼が強くなりさえすれば魔王は倒せ、世界に平和をもたらすことはできるのだから。

だがこれ以上歴史をズラし、どこかで致命的な齟齬《そご》が起こってしまえば、下手をすればこの世界そのものが詰む状況になりかねない。

例えばライエンを危険視した魔王軍幹部が、ゲーム世界とは異なり直接彼を狙いに来る……といったようなことも、もしかするとあるかもしれない。

だからこそアッシュは苦渋の決断ではあったのだが、ｍ９のメインキャラとの交流のほとんどを絶っている。

もっとも、サブキャラに関してはその限りではない。

例えば『風将』シルキィと『剣聖』ナターシャの二人とは、未だに定期的に連絡を取ったり手合わせをしたりさせてもらっている。フェルナンド国王フィガロ二世と、シルキィの父であるリンドバーグ辺境伯と一応の関係もある。

こちらはホットラインが繋《つな》がっているというだけで、実際に使ったことは一度としてない。

端的に言えば……下手に歴史を変えてしまったために、今のアッシュはビビっていた。

これ以上自分が何かをするのは、やめとこうと思ってしまうくらいに。

「……はっ、授業をサボって昼寝か。いいご身分だな」

だが目の前には、自分が愛して止《や》まなかったｍ９のキャラ。

しかもメインヒロインの一人であるイライザがいる。

イライザの無防備な姿を見て。

こうして顔を合わせ、生声を聞き。

アッシュが頑張って自分で締めた自制心という名のネジは……一瞬にして、吹っ飛んだ。

「いや、人のこと言えないだろ。お前もサボってんじゃねぇか」

「なっ――お、お前、私が誰かわかった上でそんな言葉を……」

「あいにく平民なもんで、綺麗《きれい》な言葉は使えなくてね」

知ったことか！

イベントの進行度がどうとか、誰がどうなるとか……全部知ったことか！

俺は、俺は今こうしてイライザと話ができるこの興奮を……噛《か》み締めるぞ！

アッシュはにゃーにゃー言っていたイライザを見たせいで、完全にハイになっていた。

「それにお前もサボってるだろ。俺たちサボり仲間じゃないか」

「なあっ!?　私はしっかりとテストでは最高点を取り続けている！　落ちこぼれで落第スレスレなお前と一緒にするな！」

「いやぁ、むしろサボってるくせにきちんと勉強だけしてる分、お前の方が中途半端だろ。不良をやるんなら、ちゃんと最後まで貫けよ」

「お、ま、え……」

怒髪天を衝くといった様子のイライザを見ても、アッシュはヘラヘラとした態度を崩さない。

彼からすればｍ９キャラと話ができていてニヤニヤしているだけなのだが、イライザからすればそれは自分を馬鹿《ばか》にしているようにしか映らなかった。

「よくも私を虚仮にしたな……」

イライザが魔法を練り、放とうとする。

もちろん本気で当てるつもりなどないし、自分が持っている固有スキルを乗せるつもりもなかった。ただ落ちこぼれの生徒を、少しヒヤッとさせてやりたかっただけだ。

股のあたりに落ちるように軌道を計算し、イライザは魔法を放つ。

「ウォーターカッター」

「魔法の弾丸」

パァン！

弾ける音と共に、ウォーターカッターが一瞬のうちに消える。

否、消えたのではない。

――放たれた魔法によって打ち抜かれたのだ。

そして内側に込められていた魔力が弾け、魔法が内側から爆散したのである。

今の一瞬のうちに何が起こったのかを理解できぬほど、イライザは蒙昧ではなかった。

「お前――」

「――フッ」

ニヒルな笑みを浮かべるアッシュを見て、イライザは確信する。

この男は、只者《ただもの》ではない。

劣等生のフリをしているだけで、その本当の実力は――。

「し、失礼するっ！」

イライザは急ぎ踵《きびす》を返した。

（今の私が戦って……勝てるか？　あそこまで正確に魔法を打ち抜ける男を相手に。私の固有スキルを使っても、もしかしたら……）

背筋に冷や汗を掻きながら、イライザはその場を後にする。

そして木陰には、一人ニヒルな笑みを浮かべたままのアッシュが取り残された。

彼はイライザがいなくなり、ようやく自分が何をしでかしたのかを理解して――。

「や……やっちまったああああああっ!!」

物凄い勢いで頭を抱えて、後悔の念に苛《さいな》まれることになったのだった――。


イライザ――フェルナンド王国第一王女、イライザ＝フォン＝フェルナンド。

彼女は本来ならば、王位を継ぐ立場にある。

けれど近年、彼女を王位継承者から降ろし、長男であるウィラード＝フォン＝フェルナンドを王位に就かせた方がいいのではないかと、にわかに騒がれるようになっている。

その原因は、イライザの素行不良にあった。

いつからか、徐々に徐々に王女として相応《ふさわ》しくない行動を取るようになっていった彼女は、今では市井の人々からとあるあだ名で呼ばれている。

フェルナンドの『不良王女』、と……。

イライザは幼い頃から、なんでもできた。

そして神から寵愛を受けた証《あかし》である、固有スキルを手に入れることができている。

イライザの持つ固有スキルは『水瓶の女神』という。

女神が抱える水瓶からは無限の水が、尽きることなく溢《あふ》れる。

そんなおとぎ話に由来を持つこのスキルは、水魔法にあらゆる補正をつけることができる。

威力の補正も無論大きいが、やはり一番強力なのはＭＰ消費に関する補正である。

彼女は水属性に限定こそされるものの、実質ほぼ無限に魔法を放つことができる。

彼女はＭＰ消費を気にすることなく、自らの体力の限界が訪れるまで、魔力の消費を気にせずに水魔法を行使することが可能なのだ。

この破格の固有スキルが手に入る前から、彼女は同世代の中でも頭一つ、いや二つほど飛び抜けた頭脳と才能を持っていた。

幼少期から筆記試験で誰かに一位の座を譲り渡したことはなかった。

魔法の打ち合いで、誰かに劣っていると感じたこともなかった。

だがイライザは、常々自分のことをこう思っていた。

『私は、天才ではない』

イライザはなんでもできる。

たしかに同年代で見れば、一番成績はいい。

魔法の実技でも、誰かに水をあけられたこともない。

けれどそれは、イライザの日々のたゆまぬ努力の賜物《たまもの》だった。

成績がいいのは、誰よりも勉強をしてきたからだ。

魔法の飛距離を稼ぐことができるのは、誰よりも魔法の練習をしてきたからだ。

自分に才能がないからこそ、誰よりも努力を続けた。

きっといつかその先に、自分が思い描いた女王としての姿があると願って。

けれどイライザは……途中で、折れてしまった。

いや、折れてしまったという言い方は正しくないかもしれない。

彼女は気付いてしまったのだ。

自分という人間の限界に。

自分では至れない領域があるのだという事実に。

彼女は決して、周囲が言うような神童ではなかった。

イライザの周囲（同年代を除いて、という意味での）には、彼女が霞《かす》むような天才が多数揃っていた。

例えば、王都に控えている『四将』たち。

彼らの中には固有スキルを持っている者もそうでない者もいる。

彼らを相手に戦っても、自分が勝てるとは思えなかった。

自分と同じ年代の頃の彼ら彼女たちと比べて、果たして自分の才能は勝っているか。

イライザにはそうは思えなかった。

そして結果として彼女は——己の力を振り絞って努力することを止めた。

どれだけ頑張っても、届かない領域があるのだと、そう知ってしまったから。

それほど努力はしなくとも、彼女の地頭や才能は人よりずっと優れている。

だから今までより少し劣ってはいたものの、十分な成績を残すことはできた。

周囲の人間はこう言った。

『さすがイライザ王女殿下ですね！』

いったい何がさすがだというのか。

イライザが手を抜くようになったことに、気付く者はいなかった。

本当に自分のことを見てくれる者は、どこにもいないのだ。

彼女が強い疎外感や孤独を感じるようになったのは、この頃からだった。

イライザは自分が何をしたいのか、そして他人から何をしてほしいのか。

そのどちらに答えを出すこともできず、時間だけが経《た》っていった。

イライザは家庭教師の授業をサボるようになった。

けどそれでも……周囲はそんなイライザのことを、咎めなかった。

彼女の苛つきは増した。

イライザは固有スキルを授《さず》かった。

なんでもこの『水瓶の女神』を手にした人間のリストの中には、かつての『水将』も名を連ねているらしい。
周囲の人間は、イライザのスキルをほめそやした。
だからなんだと、彼女は更に態度を硬化させていく。
けれどほどよく手を抜いても、完全にサボることだけはしなかった。
父から教わってきた、王族としての矜持《きょうじ》。
それを完全に忘れてしまえるほど、イライザという少女は馬鹿ではなかったから。
彼女は学校に通うことを決めた。
イライザは一応と受けた試験の結果に驚いた。
秘密裏に教えられたその内容で、彼女は自分が土をつけられたことを知った。
筆記試験、実技試験、そして総合結果。
その全てで、三位という順位だったからだ。
今まで同年代の人間に負けたことはなかった。
それがどんな人間なのかは少しだけ気になったが……別に接触したりはしなかった。
果たして自分より優れている人間を見てなんになるのか。
その者たちを追い越そうと、かつてのように必死に努力をするわけでもないのに……。
だが今日、そのうちの一人と邂逅した。
総合二位の男の名は、アッシュ。
平民の生まれで、自分と同じく不良と呼ばれている生徒だった。

彼もまた、力を持っている人間だった。

才能も間違いなくある。

だが恐らくは彼も、自分の限界というものを知っているのだろう。

アッシュは自分と同類だ。

イライザはそう理解した。

けれどそんな同類に、自分は軽くあしらわれた。

『生まれてこの方、あれほどの屈辱を味わったことはない！』

イライザは、大変なショックを受けていた。

彼女は塞《ふさ》ぎ込み、誰とも話さず、ただぼうっとしながら時間が経つのを待った。

だが、昔の名残か。

以前の自分の残滓《ざんし》でも留まっていたというのか。

負けたことに思うところがあったからか、無意識のうちにイライザは学院の裏庭へと向かっていた。

生徒たちが魔法の練習をするその場所へ、彼女の足は動いていたのだ。

そして彼女はそこで、偶然にももう一人の人物に出会う。

その少年の名は――ライエンといった。


「ん、君は……」

その少年——ライエンは一人剣を振っている最中だった。

周囲に他の生徒たちの姿はない。

だが考えれば当たり前の話だ。

今は課外授業でも受けていない限り、ユークトヴァニアの学院生は教室で授業を受けている。

こうやって自由に動けるのは、イライザやアッシュのようにそもそも授業をサボっているような不真面目な人間だけなのだ。

(だがそれだとおかしい。ライエンが授業をサボるような不良だという話は聞いたことがない)

イライザはライエンと直に話したことはほとんどない。

顔を合わせたこともないし、その姿を知っているのは、遠目に見たことがあるからという理由だ。だがライエンの噂《うわさ》は、先ほど会ったアッシュなどよりもよほどイライザの耳に届いてきている。

曰《いわ》く、平民上がりだがなかなか見込みのあるやつ。

曰く、決してサボることを良しとしない勤勉なやつ。

ライエンの話はどれもこれも、彼のことをほめそやすものばかりだった。

イライザにはそれが少しばかり作為的なものであるような感じがしていたりもするのだが
……今大事なのはそこではない。

「お前はどうしてここにいるんだ?」

「それは……少し理由があって」

言い淀んでから、ライエンは口を噤《つぐ》む。

どうやらその理由というやつを、教えてくれるつもりはないらしい。

特に仲良くもない人間になら当然だな、という納得。

そして王女である自分に対しても黙秘を貫くことへ対する怒り。

先ほどアッシュ相手に醜態を演じたからか、イライザはいつもよりいくらか気が立っていた。

「私みたいな不良と違って優等生なお前も、授業をサボったりすることがあるんだな」

「うん、まあ……その通りだね。僕の目標は、別に学校の成績で一番を取ることではないから」

自分より良い成績を残しているライエンのその言葉は、イライザからすればあてつけのように聞こえてくる。

だとしたらお前の目的は、いったいなんなんだ。

イライザの問いに、ライエンは答える。

「勝ちたい人がいるんだ」

ライエンはイライザの方を向くことなく、一心に木刀を振り続けている。

どれだけそれを続けていたのか、彼の足下の土は完全にめくれあがってしまっている。

ライエンは宙へと、その視線を固定させている。

イライザには彼の様子が、ここにない何かへと思いを向けているように見えた。

るのだから。

（なるほど……ライバル、というやつか）

人間、成長をするためには近くにいる好敵手の存在は必要不可欠だ。

共に切磋琢磨する相手がいるからこそ、自分をより高めていこうと努力を続けることができるのだから。

（――羨《うらや》ましい）

イライザはライエンを見て、そう思ってしまった。

彼女の周囲にいるのは、彼女をほめそやす人間ばかり。

かといって上を見ればそこには、届かぬことがわかりきっている達人たちしかいない。

イライザにはそんな風に、共に自分を高め合える存在はいなかった。

ライエンが剣を振る。

先ほどまで心がささくれだっていたことも忘れて、イライザはそれに見入っていた。

ライエンは、一本の剣のようだった。

彼は愚直に剣を振り続ける。

その先にある何かへと、己を届かせるために。

イライザはライエンの瞳に宿る、その魂の力強さに気付いた。

確たる目標、競い合う仲間。

それがあるだけで、これほどまでに違うのか。

彼女はいつも一人である自分とライエンを、どうしても比べてしまう。

（私も……なれるのだろうか。この男のような、強い人間に）

それはイライザの心にあったわずかな残滓。

けれど、それがどんな残りかすであれ。

種火さえあるのなら、炎は再び燃え上がる。

人の心は、炎に似ている。

一度火が点けば、その勢いは増す。

そして燃え広がり、どこまでも己の心を燃え上がらせていくのだ。

「私も、魔法の練習をしていいか？」

「ああ、もちろん。今は二人しかいないぞ、貸し切りだからどれだけ派手なことをしてもいい」

「そうか……そうだよな」

イライザは意識を集中させる。

先ほどアッシュにあしらわれたこと。

そして今のライエンとのやり取りと、彼が見ているもの。

全てを一旦脇に置き、自らのことにだけ集中する。

今がきっと、前を向くのに最適なタイミングだと、そう思ったから。

「タイダルウェイブ」

放つのは、上級水魔法タイダルウェイブ。

イライザが持つ固有スキル『水瓶の女神』によって威力増大がなされたその一撃は、裏庭をまるごと呑み込むほどの莫大な波となって流れていく。

その水の奔流を見て、ライエンは言った。

「君は……もしかして」

「私は――イライザ。イライザ＝フォン＝フェルナンド」

自分が修行の片手間で話をしていた相手がこの国の王女であることを聞き、ライエンはすぐにその非礼を詫《わ》びようとした。

けれど彼女はサッと手を振って、しなくていいと呟く。

ライエンは敬語を使おうとしていたが、慣れていないのがまるわかりだった。

イライザは軽く笑い、さっきと同じでいいとだけ伝える。

ライエンもその方が楽なようで、先ほどのぎこちなさが嘘《うそ》だったように、普通の口調で話し始める。

「どうだ、私の水魔法もなかなかどうして悪くはないだろ？」

「あ、ああ……これほどすごい魔法を見るのは、二度目だ」

「――二度目？」

ああ。

それだけ言うと、ライエンは一つ頷いてから、空を見上げる。

その拳は固く握られていた。

「僕が勝ちたいと思っている相手の魔法は……もっとすごかった」

「そうか、だが……」

「しかも話を聞けば、彼は僕と同い年だったんだ。それ以降、彼とは会えていないけれど……いつかは絶対、超えてみせる」

自分は超えられない相手を見て、諦《あきら》めてしまった。

けれどライエンは同じ境遇になっても、拳を握って前を向く。

その強さを身につけることができれば。

自分ももっと、前を向いて走ることができるだろうか。

(少し……真面目にやってみようか)

これからの生活態度を、改めるのもいいかもしれない。

そんな風に思いながら、イライザは後学までにとライエンが目指す相手の名前を教えてもらう。

「彼は……モノと名乗っていた。今考えると、偽名かもしれないけど」

「たしかに、聞いたことのない名だな」

「魔法の弾丸を、誰よりも上手《うま》く使いこなす男だったよ」

「……ん？」

魔法の弾丸を使いこなし、偽名を使って雲隠れするようなふざけた男。

何故《なぜ》だかイライザはその人物像を聞き、一人の人物を思い浮かべてしまった。

「なあ、それってもしかして……」

――こうして運命は、再び交差することになる。

ライエンの止まっていた時間は、今再び動き出そうとしていた――。

「君がアッシュで、合ってるかな……？」

「え、まあはい、そうですけど……？」

どうしてこうなった……どうしてこうなった、どうしてこうなったー、俺のバカ野郎ー!!

アッシュは自分の迂闊さを呪いながら、目の前にいる少年の姿を見る。

相変わらず金色の髪と、きらりと光る歯が目に眩《まぶ》しい男だ。

この世界において主人公であり、そして世界を救う英雄。

――ライエンが、アッシュの目の前にいる。

どこかデジャビュを感じるこの光景は、アッシュに冷や汗をだらだらと感じさせる。

アッシュは自分がｍ９の物語に組み込まれることまでは求めていない。

彼はただ傍観者として、メルシィ（ヒロインのはずなのに何故か攻略できないバグが修正されずにリリース二周年を迎えた）を含むｍ９世界のヒロインたちを救いたかっただけなのだ。

お助けキャラとして生まれ、ライエン覚醒イベントで死ぬ運命をねじ曲げるために無理をして強くなったのだ。

本当なら、強くなるだけでよかった……はずなのに。

自分が主人公じゃないということに対するフラストレーションが溜《た》まっていたというのはもちろんある。

どうしてライエンだけ、と思ったことは一度や二度ではない。

そしてそれが爆発して、武闘会へ出て、ライエンを倒してしまった。

それがいけなかったのだろうか。

いけなかったんだろうな。

絶対にいけなかっただろ、常識的に考えて……。

自分なりに答えを出して顔を上げると、そこにはしてやったりという顔をしているイライザの姿があった。

先ほどやり込められたのが気に入らなかったからか、こうしてぐぬぬと唸《うな》っているアッシュを見て、彼女は何故か嬉《うれ》しそうだった。

別にライエンが探しているのが自分かどうかは、彼女にとってはどうでもいいらしい。

自分を舐《な》めていた奴が困っているのを見て、溜飲を下げているようだった。

(ゲームじゃわからなかったけど、案外イイ性格してるのな……あぁくそ、だから原作キャラと関わりを持ちすぎないようにって話だったはずだろ、俺)

アッシュは、美少女ゲームというものにかなり強い信念を持っている。

彼はゲームのファンディスクやドラマＣＤはもちろん全部見るが、あくまでも本作を楽しむことに主眼を置くタイプのプレイヤーだった。

そういう性癖の彼からすると、原作キャラが表には出さない面の皮の厚さなど、別に知りたくもないのだ。

ヒロインはゲームの中だから、尊いのである。

ツンデレヒロインは、二次元の存在だからずっとツンツンしていても許されるのである。

「こいつが人探しをしていると聞いてな。その話を詳らかにしたところ、どうも私の知っている人物かもしれないという話になったんだ」

「なんでも魔法の弾丸を上手く使えるとか……見せてもらってもいいかな？」

「いえ、俺の腕なんて大したもんじゃないので……」

魔法の威力は知力に依存する。

つまりレベルが上がれば上がるだけ、基本的には魔法の威力は上がるのだ。

更にレベルを上げた今のアッシュが魔法の弾丸を放てば、間違いなくおかしな威力と貫通力であることがバレてしまう。

というかチートキャラのライエン相手であれば、もしかすると魔法を見せただけで自分がモノであるとバレる可能性がある。

ここで魔法を使うことは絶対にできなかった。

「大したことじゃないだとっ!?　この私にあんな恥をかかせておいて……」

「アッシュ、君はイライザ……王女殿下に何をしたんだ？」

「え？　抱きついてチューしただけだが？」

「そんなことされてなあああああああいっ！」

「へぶぼっ!?」

イライザのアッパーカットが綺麗に決まり、アッシュは綺麗に宙へ浮いた。

パワーレベリングでも受けているのか、その拳は無防備だったままのアッシュに物凄く効いた。

どれくらいかと言えば……一瞬で意識を失うくらいに。

「いいパンチだったぜ……ガクッ」

アッシュはそのまま意識を失った。

彼が完全に白目を剥《む》いているのを見て、ライエンは少しだけ白けたような顔をする。

「……違う、彼はモノじゃない」

「そうなのか？」

「ああ、あいつなら、今の攻撃をまともに食らうはずがないから」

ライエンはアッシュを介護しながら、そう呟いた。

イライザは人違いなら悪いことをしたなぁという気持ちと、王族の私に『チュチュチュチューなどと！』という初心さとの板挟みで揺れ動き、顔を真っ赤にして俯《うつむ》かせていた。

アッシュが攻撃を食らったのは、イライザを近くで見たせいでめちゃくちゃに動転して、逃げるとか避けるとかそういう問題ではなくなっていただけなのだが、今回はそれが幸いした。

モノならモノなら……と、修行の際に必ずモノの武闘会での姿を想像しているライエンからすれば、今のアッシュはあまりにも、その、なんというか……あまりに残念に映ったのだ。

アッシュは入学してからというもの、無能な落ちこぼれキャラが完全に板に付いている。

校内での評判も最悪に近い。

ライエンには今のアッシュが、モノとまったく重ならなかった。

顔がここまで違えば、同一人物なはずもない。


「要らぬ怪我《けが》を負わせてしまったな、あとで二人で謝りに来よう」

「……ああ、わかった」

こうしてアッシュ＝モノ説は否定され、今回アッシュは難を逃れることができた。

同時にライエンたちと知己にはなってしまったが……それだけで済んだのだから、まだマシだと考えるほかない。

これで当分の間、問題は起こらないだろう。

そう、それこそ……アッシュが力を使うような機会でも、こない限り。


「ふむ……」

「ど、どうも……」

アッシュがぺこぺこと頭を下げている。

彼が相対しているのは、筋骨隆々の大男だった。

実年齢は既に五十近いはずなのだが、まったく衰えを見せぬその堂々たる体躯《たいく》。

鈍器にしか見えないオリハルコンの杖をテーブルの上に置いているその人物の名は――リンドバーグ辺境伯。

アッシュは結局ライエンたちとの遭遇をのらりくらりと躱《かわ》しながら、変わらぬ日々を過ごしていた。

自分なりにできることはやりながらも、やはりそれほど遠出をすることはできず。

かといって下手に動くのも悪手かと思い、基本的には静観を貫く。

とりあえず自分の運命を決めることになる『始まりの洞窟』への潜入が始まるまでは静かに暮らしていよう……そう思っていたのだが。

既に教育を放棄していたはずの校長から、どういうわけか呼び出しを受け。

アッシュもさすがに懲罰を食らったり退学はマズいと思い、しぶしぶと校長室に入った。

すると中では、校長先生であるマリアは隅の方でちっちゃくなっており。

筋骨隆々の大男であるリンドバーグ辺境伯が、仁王立ちで自分を待っていたのだ。

もしかするとシルキィと関係を保ったままだったのがマズかったのかもしれない。

彼女の行動先から、自分とシルキィの関係がバレた可能性は十分に考えられる。

だがシルキィと辺境伯は仲が悪かったはず。

彼女から直接漏れてはいないなら、いったい情報はどのあたりまで――。

「やはりモノだったか。話を聞いてもしやと思ったが、実際に会って正解だったな」

(ぜ、全部ばれてるっ!!)

リンドバーグ辺境伯の野生の勘、戦場で鍛えた第六感は一つの固有スキルのようなものにまで昇華しているのだろう。

一度会っただけで、顔が違っているはずの自分の正体を看破してみせるとは、さすがのアッシュも思ってもみなかった。

「ど、どなたのことでしょう……？」

「しらばっくれても無駄だぞ。ある程度魔力の扱いに長けた者であれば、お前が姿を偽っていることを看破するのは容易《たやす》い」

「そ、そうなんですね……はい、俺がモノです。でも本名はアッシュの方なので、以後はアッシュでお願いします」

「承知した」

どうやら自分の汎用巻物《スクロール》の能力は、ある程度の実力者には見破られてしまうらしい。

原作では得られなかった知識だな……と考えていたアッシュは、そういえばと思い出す。

自分が最初にシルキィと会った時にも、正体がまだ二歳児であることを一瞬のうちに看破された。

どうやら『偽装』の力を過信するのは禁物らしい。

「ではアッシュ、最近うちの娘と仲良くしているようだな」

「ええ、はい。ありがたいことに、『風将』シルキィ様より教えを請うております」

「どうだアッシュ、うちのシルキィの婿に来るか？」

「は――はあああっ!?」

身分の違いとかを気にする間もなく、心の底から出てきてしまった本気の疑問。

アッシュは正気かよ辺境伯……と思いながら顔をまじまじと見るが、リンドバーグ辺境伯の表情はまったくと言っていいほどに変わらない。

どうやら冗談を言っている雰囲気でもなさそうである。

「ど、どういう意味でしょうか。言っちゃあれですが、自分は生粋の庶民ですし、実は傍系の血を引いている云々《うんぬん》みたいな裏設定もないです」

「俺が大切にしている……というか婿に唯一求めているのは純粋な戦闘能力だけだ。少なくともお前なら、シルキィとちゃんと殺し合い《夫婦げんか》ができるだろう？」

アッシュは助けを求めて周囲に視線を配る。

だが彼が見つけることができたのは、縮こまって私は何も聞いてませんと知らぬ存ぜぬを通す校長の姿であった。

そこに救いはなかった。

――なれば、自分で言わなければならない。

アッシュにはそれができない理由があるのだと。

「すみませんが、お断りします」

「ほう、何故だ？　フェルナンドの王国法に照らし合わせれば、結婚をして俺が辺境伯の地位から降りれば、お前が新たな辺境伯だ」

「できません……好きな子が、いますので」

「――ほう」

ドラゴンですらも射殺せるのではないかというほどに強い視線を向ける辺境伯。

けれどここだけは譲れないと、アッシュは負けじと見つめ返した。

アッシュはメルシィが好きなのだ。

……それが恋愛的な意味なのかどうかは、本人すらよくわかってはいないのだが。

アッシュのそのバカ正直な答えを聞いた辺境伯は――。

「ふ……フハハハハッ！　いい、いいぞアッシュ、実にいい」

相好を崩して嗤《わら》う。

彼が座っていた机をバンバンと叩《たた》くと、その度ごとに校長の机に新たな凹《へこ》みができていく。

とうとう校長先生が、しくしくと音を立てずに泣き出してしまう。

これが貴族社会の辛《つら》いところだな……とアッシュは思った。

絶対にそんなことはない。

「実に俺好みの答えだ。ますます欲しくなったぞ」

「またまたご冗談を……あれ、もしかして全然冗談じゃない？」

「当たり前だ、俺は思ったことしか口にせん」

その獰猛《どうもう》な笑みは、アッシュにライオンが己が子と戯れている姿を連想させた。

（結局目をつけられてしまった……もう後はなるようになれだ）

アッシュは色々と吹っ切れたので、早速お願いをしてしまうことにした。

この場を見れば、リンドバーグ辺境伯が学院においてどれだけの力を振るうことができるかなど一目瞭然。

色々とすっ飛ばして彼と交渉ができてしまえば、校長や教師陣も後から文句はつけられなくなる。

正体がバレてしまったにしても、せっかくならばそれを利用すべきだ。

そういうところ、アッシュは結構強《したた》かなのである。

「長期の遠征をする許可をいただきたいです」

「いいだろう、俺の名代……は無理だな。冒険者登録は済んでいるか？」

「別名義ならCランク、アッシュ名義だとDランクです」

「それならアッシュに俺から指名依頼を出す……という名目で好きなことをしてこい。まあなんとなく、想像はつくがな」

フッと、今度は清々《すがすが》しい笑みを浮かべた。

そして少しだけ遠い目をしながら、

「男は誰しも強くなりたいものだ……まずは属性弾丸か？」

「はい、メレメレ鉱山に行くつもりです」

「いいな、あそこは火酒が美味《うま》い。買ってやれば親御さんも喜ぶぞ」

「そうなんですね、ありがとうございます」

アッシュは強くならなければならない。

己の死の運命の象徴である――ゲームで自身を殺すことになっている、ヴェッヒャーに勝利するために。

そしてそれで終わりではない。

生きることさえできれば、その後アッシュが参加できる大規模イベントは多数ある。

その全てで好きなキャラたちを、この世界で新たに知り合った皆を守るためには……力が要るのだ。

繰り返す。

アッシュは強くならなければならない。

運命というやつを、ねじ曲げるために。

(まずは属性弾丸でいい……汎用巻物を集めるのはその後だ。幸い遠出の許可は出たんだ。焦らずじっくり、実力をつけていこう)

アッシュは「わかってるだろうな?」と校長を威嚇《いかく》するリンドバーグ辺境伯を尻目に、一人決意を改める。

執務室を後にする時には、校長は号泣していた。

(……どうせなら、校長にも火酒を差し入れしてあげよう)

アッシュはさすがにあとで校長にしっかり謝っておこうと思った。

　校長のことは少しかわいそうとは思いながらも、せっかく得たチャンスを早速活用せねばと、アッシュは急ぎメレメレ鉱山へ向かうことにした――。

第二章　黒翼の魔人

メレメレ鉱山は、フェルナンド王国は東部に位置するグエン公爵領の中にあるダンジョンだ。

メレメレというのはメラメラという言葉がなまったもので、そこからもわかるようにこのダンジョンで出てくる魔物はそのほとんどが火属性である。

また、ここは鉄を始めとする各種鉱物が採れることでも有名な場所であり、冒険者がツルハシを持って入ることの多さで有名だった。

そんな場所に、アッシュたちはえっちらおっちらと山を抜けてやってきていた。

そう、たちである。

アッシュの特務（ということになっている）ダンジョン行には、同伴する人員が二人ほどいたのである――。

「一つ聞いていいですか？」

「ん、どしたん。そんな真面目な顔して」

「やっぱり……俺が魔法覚えるために、わざわざシルキィさんが来る必要、なかったでしょ！」

「あはっ、大声出しちゃって。ウケんね」

「なんっっっにも面白くないですよ！　あんた今『風将』でしょう!?」

メレメレ鉱山に入ったアッシュの右側にいるのは、緑色の髪をたなびかせる美しい女性だ。その瞳はどこか気だるげで、髪をくるくると指で巻いていて、何が面白いのかケタケタと笑っている。

『風将』シルキィ——次期リンドバーグ辺境伯でもある彼女が、今回の同行人の一人だった。

「まま、一週間くらいサボっても問題ないっしょ」

「問題ありまくりですってば！」

「うちがいなくなったくらいでどうにかなるほど、国軍は弱くないよ。ダイジョブダイジョブ」

「本当に大丈夫なのかな……」

たしかに昔からの知り合いということもあり、アッシュは時たまシルキィに魔法の稽古《けいこ》をつけてもらっていた。

しかし彼女は既に、このフェルナンド王国で最も優れた風魔法の使い手であることを示す『風将』の地位にある。

次期リンドバーグ辺境伯ということもあってか公的な立場はフェルナンド王国軍の魔導師部隊の部隊長止まりになっているが、今後は軍を率いていく立場になる存在なのだ。

というか、今から近い将来にはそうなることをアッシュは知っている。

魔王軍幹部であるサハグィン率いる魔物軍団がやってくる強襲イベント、王都襲来。

それによって出た欠員を埋めるため、シルキィは軍を率いる立場の人間になり、今後国軍の軍団長にまで出世するのだから。

「問題ない。彼女は基本的に全部部下任せだから。むしろ副隊長がいなくなったりした方が、よっぽど大変なことになる」

「……俺からすると、ナターシャさんがここにいることも、それに負けず劣らず大変なことですけどね」

そしてアッシュの左にいるのは、『剣聖』ナターシャ＝エラスムス。

少し前にあった王都近くでの魔獣騒ぎでの一件によりその名を轟《とどろ》かせ、父の二つ名を継ぎ今代の『剣聖』となった女性だ。

現在は国軍の千人隊長の地位にあり、彼女もシルキィ同様その将来を嘱望されている。

今回アッシュがリンドバーグ辺境伯からもらったフリーハンドを使って王都を出ようとしていたところ、何故か彼本人から同行者をつけると言われた。

監視役も兼ねてってことだろうな、まあ別に問題は……と高をくっていたアッシュは、同行する面子を見て度肝を抜かれることになる。

なぜ今の自分でも少し難易度が足りていないと感じるような迷宮の同行者に、あの『風将』と『剣聖』が選ばれたのか。

アッシュは戸惑いながらも、どちらも自分の師匠なので無下に断ることができず、そして今に至っている。

ちなみに当初は師匠呼びだったナターシャも、さん付けで呼びなさいという師匠命令があったので今ではナターシャさん呼びに変わっている。

シルキィも『風将』になった段階で名誉子爵となるために様をつけなければならないのだが、彼女に言ったら今まで通りにしないと風精霊召喚すると脅されて、さん付けのままだ。

アッシュは基本的に、彼女たちには頭が上がらなかった。

（というかなんだか良い匂《にお》いがして、落ち着かないんですけどぉ！）

アッシュは道中、ずっと気が気ではなかった。

今はアッシュが先頭を行っているためにそうでもないのだが、ナターシャが前を歩いている時などはドキドキして正直まともに頭が回っていなかったのだ。

シルキィは、最初に出会った時はまだ少女だった。

ナターシャも、最初に出会った時はまだ少女の面影を残していた。

けれど今の二人はもう、アッシュにとっては完全に年上で大人な、魅力的な女性へと変貌しているのだ。

それに加えて、アッシュも第二次性徴が始まり、変声期になりかけている時期なのもある。

以前はゲームキャラだからというのと自分があまりにも幼かったというのがあったからなんとかなっていたが、今のアッシュは普通に性欲がある。

しかも十二、三歳というのは、前世で言えば中学生になりたての頃。

それこそ猿のように盛っていた時期なのだ。

アッシュは今、常々襲いかかる煩悩を退散させるので精一杯だった。

おまけに——。

「うりうり〜」

「ちょっ、前が見えないです、やめてくださいよ！」

「どしたん、耳真っ赤だよ？」

「バッ——」

シルキィはものすごくスキンシップが激しかったので、年頃のアッシュにはあまりにも毒だった。

自分を見てにやにや笑うシルキィを見ても、アッシュは顔を赤くして俯くことしかできない。しかしそうしても、耳が真っ赤になっていることまでは隠しきれず、またシルキィに笑われる。

こんな風にからかわれるのも悪くない、そう思っている自分もいたが……アッシュはなんとかしてこらえ続ける。

もし下手なことをして二人の不興でも買おうものなら、今後どんなことになるかもわからない。

血迷ってシルキィに手でも出そうものなら、貴族への暴行というのも合わせて間違いなく斬首になるだろう。

（いやでもそういえば、リンドバーグ辺境伯は……はっ、いかん！　色即是空、空即是色……）

アッシュはなんとかして気持ちを落ち着けようと頑張り、シルキィはそれを乱すべく頑張る。

そしてナターシャはその様子を、後ろから見つめていた。

感情があまり表に出ないのでわかりづらいが……どこかぶすっとしているように見える。

こうしてダンジョンに潜っているとは思えないほどのやかましさで、三人はダンジョンを進んでいくのだった……。


たまーに行き交う冒険者たちから、『ハーレムパーティー死ね！』という視線を向けられながらも進んでいると、ようやくお目当ての魔物が見つかった。

「キョッキョワアァァッ!!」

そこにいたのは、スライムのような見た目をした魔物だ。

だが本来ののっぺりとしているスライムとは違い、その魔物にはしっかりと凹凸《おうとつ》があった。

青い石が二つほど目の位置に配置されており、口にあたるであろう部分には赤い石が置かれていた。

顔のようにも見えるが、あれが本当に目と口なのかはわからない。

全体の体色は赤なのだが、頭部だけなぜか緑色をしている。

そのヘンテコなスライムのような魔物の名は、ポロロッカという。

こいつこそが、アッシュが探していたあの魔法を使う魔物だった。

「お、出た出た」

「頑張れ」

シルキィは楽しそうな表情を崩さず手を振っていて、ナターシャは後方で腕を組んで、いわゆる後方腕組み保護者面をしている。

二人のマイペースさに苦笑しながらも、アッシュは前に出た。

「いけ、風魔法でゴーゴー」

「……剣で」

二人ともアッシュの戦い方が気になっているようだったが、アッシュはいつも通りに最も使い慣れた魔法を選択した。

「魔法の弾丸《マジック・ブリット》」

アッシュたちの方へのろのろとやってきたポロロッカに、弾丸は吸い込まれるように飛んでいく。

そして着弾した瞬間に、ポロロッカの全身が弾け飛んだ。

そもそもアッシュは、レベルアップを繰り返して知力を向上させている。

彼のレベルは、既にメレメレ鉱山の推奨レベルより10も高い。

ぶっちゃけてしまえば、下手に大技なんぞ使わなくともここに出てくる魔物はワンパンなのだ。

「え～、つまんな」

「……剣」

後ろからの面白くなさそうな視線は努めて無視し、アッシュは自分の使える魔法を確認する。

するとそのリストの中にしっかりとお目当てのものがあり、思わずほくそ笑んでしまう。

「火魔法の弾丸《ファイア・ブリット》」

アッシュが魔法を発動させれば、今までとは違う弾丸が飛び出していく。

赤く燃える炎。

それが弾丸を包み込んでいる。

火魔法の弾丸はオレンジ色に輝く光を尾にして前へ前へと進んでいく。

知力の向上に伴い威力も上がっているため、その速度は本来ポロロッカが放つそれを優に超えていた。

その着弾点は洞穴状になっていた部分の側壁になった。

弾頭が接触し、ほどなくして爆発。

その場に大きな爆風を起こす。

風が止んでから確認してみれば、硬い岩肌が削れている様子が見える。

威力は申し分ない。

発動までにかかった時間も、魔法の弾丸とほとんど変わらない。

使用MPが魔法の弾丸の倍なのは若干ネックではあるが、そもそも今のアッシュのMPは優に100を超えている。

長時間の連続戦闘でもしない限り、問題はなさそうだった。

「火魔法の連弾」

アッシュは魔法の弾丸と同じ要領で、複数の火魔法の弾丸を形成し、先ほどの隣の未だ無傷の岩肌へと飛ばす。

まずは三つの火魔法の弾丸を横一列に並べて岩肌へぶつける。

するとその爆発の範囲が重なった部分だけが、他と比べると凹みが大きくなっていた。

「火魔法の連弾」

それならばと、今度は三発を角度を変えて放つ。

発射タイミングを少しだけずらして角度を変え、直線的な弾道のものを一発と小山型、山なりの二発を曲射で放って着弾点を揃える。

魔法の弾丸よりも少し放つまでのラグが大きく、撃つ時の手応えのようなものがあったために若干戸惑ったが、無事に成功。

三発が同時に爆発したその爆心地は、横二つにできた穴のどれよりも深くなっていた。

うん、と頷いて後ろを振り向く。

そこにはつまらなそうに髪を弄《いじ》っているシルキィと、立ったまま眠っているナターシャの姿があった。

「あんたら、自由か！」

「イエ～ス、私はいつだって風みたいにフリーダム」

「すぴぴー……」

こんなんがフェルナンドが誇る『風将』と『剣聖』で、本当にこの国は大丈夫なんだろうか。

そう思うアッシュであった。

だがとにかく、これでお目当ての火魔法の弾丸を大過なく得ることができた。

既にアッシュたちからすればこの場所は物足りない狩り場のため、魔法さえ得ることができればメレメレ鉱山に用はない。

少し物騒なだけの遠足だったと思いながら帰ろうとするアッシュたちの耳に……女性の叫び声が届いた。

「キャアアアアアアアアァッ!!」

シルキィは気だるげな目を見開き、眠っていたナターシャはパチリと目を覚ます。

二人はアッシュの方を向き、アッシュは彼女たちへ頷きを返す。

三人は言葉を交わす間も惜しんで、悲鳴のする方へと向かう。

彼らが向かったその先には、あり得ない光景が広がっていた。

——本来ならばメレメレ鉱山で出るはずのない、水属性の魔物。

テンタクルスワンプが、冒険者を襲っていたのだ——。

テンタクルスワンプは、沼地に生息することの多い魔物である。

その見た目は、イソギンチャクに似ている。

真ん中に土色をした球体があり、その周囲にうねうねとした泥色の触手が伸びている。

常に水気のあるところで暮らしてきたためかその身体を構成するかなりの割合が水で占められており、よく見るとうっすら後ろが透けるようになっている。

元来持っている触手と水魔法のウォーターウィップを用いて、獲物を捕まえ、捕食する魔物だ。

魔物に襲われている人間を見て、見捨てるなどという選択肢はない。

シルキィはその場に留まり即座に魔法発動の準備を。

そしてアッシュとナターシャは全速力で前に出た。

「ウィンドカッター」

シルキィが放った下級風魔法ウィンドカッターが、本来よりも狭い範囲に、風が凝集された形で発動される。

『風将』である彼女が放てば、たとえ下級魔法であれど強力な魔物に痛打を与えることすら可能になる。

その一撃は微細なほどに威力が調節されており、冒険者を捉《とら》えている触手だけを器用にすっぱりと断ち切った。

「魔法の連弾」

アッシュとナターシャが、テンタクルスワンプへと駆けていく。

走行中、アッシュは手なりで発動できるようになっている魔法の連弾を放つことで、再度触手が伸びるのを防ぐことにした。

冒険者がバタリと地面に倒れ込むのと、アッシュとナターシャがテンタクルスワンプに肉薄するのは同じタイミングだった。

「――ふっ！」

「ぜあっ！」

ナターシャが一閃《いっせん》。

そしてそれにわずかに遅れる形で、アッシュが一閃。

クロスした剣閃が、テンタクルスワンプの中心にある球体を四つ裂きにした。

一瞬にして魔物は絶命し、その触手はぺたりと地面につき、ドロドロに溶けていく。

「おい、大丈夫か？」

「え、ええ、なんとか……」

「エクストラヒール」

「回復魔法まで……本当にありがとう。あなたたちがいなければ、私たちは、今頃……」

そこにいた冒険者は二人。

一人は既に意識を失ってぐったりとしていたが、もう一人の方は比較的元気そうだ。

どうやらアッシュたちと会話をするだけの余裕もありそうな様子である。

「にしてもどういうことなんだろ？　なんでこのメレメレ鉱山にテンタクルスワンプが……？」

アッシュたちに追いついてきたシルキィが、口の下に指を当てながら首を傾《かし》げる。

その後ろにいるナターシャも、無表情ながらうんうんと頷いて同意を示している。

不思議そうな顔をしている彼女たちを見て、アッシュは気付いてしまった。

そこに生じたのは、わずかな迷いだった。

彼は原作知識があるからこそこの現象がなんなのかを知っているが、彼女たちはそうではない。

フェルナンド王国の防衛に関して重要な立場にある『風将』シルキィと『剣聖』ナターシャ。

二人が知らないということは、この現象は未だ有名になってはいないのだ。

しかし、生じた迷いはわずかに過ぎなかった。

アッシュは自分の原作知識を使うことを、もはや躊躇《ちゅうちょ》しない。

自分に嫌疑がかかろうとも、できることをすると決めたのだから。

「これは『連結』と呼ばれる現象です」

「『連結』？」

「はい、簡単に言えば二つ以上の探索エリアが繋がるワープゲートが生じるって現象ですね」

「そんなことが……ありうるの？」

「ありうるのって、実際起きてんだからありうるに決まってんじゃん？」

これはゲーム中盤以降で時折現れるようになる現象だ。

この『連結』現象が起こるのは、空間同士を繋ぐことのできる空間魔法を扱うことのできるとある魔物が原因となっている。

本来のｍ９であればまず探索エリアの『連結』の謎を解決するための依頼をライエンが受け、そこで偶発的にイベントが発生し、更にそこで『連結』されている別の探索エリアへ向かう選択をすることでその理由と元凶が発覚することになる。

だがアッシュはその過程を全てすっ飛ばして、結果だけを口にすることができる。

『連結』が起きるのは……魔王軍幹部シリウス・ブラックウィングの空間魔法のせいです……と。

けれどそれを口に出すことは、さすがのアッシュといえどはばかられた。

この世界では本来魔王の存在が露《あら》わになるのはもう少し後になってからの話だからだ。

本来は先に魔王が世界を混沌《こんとん》に陥れるという神託が行われてから、ライエンこそが勇者であるという神託が下る。

ライエンの成長により勇者の神託は早まったが、その対となる魔王は、未だその存在すら明らかになっていないのだ。

魔物の被害が明らかに増しているということはわかっても、それが魔王によって魔物が凶悪化しているからだという事実を知っている人間は、ごく一部しかいないのである。

例えば魔王の存在が明らかになることで、本来より防衛計画が前倒しになり、それが内通者経由であちら側に伝われば……恐らく王都防衛戦はゲームとまったく異なる日取りで、異なる様相を見せることになる。

それがわかっているからこそ、今までアッシュは王やリンドバーグ辺境伯とのホットラインを持っていながらも、それを使って助言者のような立場になることはなかった。

勇者ライエンの身に何かが起こらぬよう、また起きればアッシュができる範囲でなんとかするようにして、自分で修正の利く範囲に収めようと努力してきたのだ。

だがだからこそ、アッシュはこの異変に誰よりも敏感に危険を感じ取っている。

魔王軍幹部の行動ルーチンが変わっている。

少なくともシリウスは、この段階では未だ魔物領の奥深くで森の縄張り争いに精を出していたはずだ。

やはり、勇者の覚醒を自分が早めてしまったことで、敵側の魔物たちの行動にも変化が起こっているということなのだろう。

で、あれば……その原因を作ってしまったアッシュには、それをなんとかする義務がある。

本来中盤で戦うことになるシリウスは、今のアッシュ一人では勝てるかわからない強力な魔物だ。

それに、シリウスの空間魔法を放置することはできない。

今後『連結』が続くようになれば、冒険者を始めとする戦力に致命的な問題が起こる可能性が高いからだ。

例えばアッシュが使っていたダンジョンである『始まりの洞窟』と、それより攻略難易度の高いメレメレ鉱山が繋がればどうなるか。

メレメレ鉱山から溢れ出した魔物が『始まりの洞窟』にやってくることとなり、初心者冒険者たちは強力な魔物によってその命を散らされてしまう。

　メレメレ鉱山よりも攻略推奨レベルが10以上高い水鏡の塔に出てくるテンタクルスワンプが出てきており、冒険者たちがやられそうになっていた現状を見れば、このままだとマズいのは明らかだった。

「ナターシャさん、シルキィさん……この『連結』の先に、凶悪な魔物がいます。きっと今の俺だけじゃ、勝てないくらいの強敵です」

　けれど……アッシュは決して、一人ではない。

　今のアッシュのパーティーには……王国最強の剣と、王国最強の風使いがいるのだから。

「——お願いします、俺に力を貸してください。三人でならきっと……いえ、あなたたちと一緒に戦えるのなら絶対に勝てます。こんなふざけたことをしでかすバカ野郎を、一緒にぶっ飛ばしに行ってくれませんか？」


「もち、おけおけ」

「この力は危険……これが魔物の仕業だというのなら、否やはない」

　シルキィもナターシャも、アッシュの提案に素直に諾意を示してくれる。

　アッシュとしてはありがたいし、心強かった。

　彼女たちを何年も前から見続けてきたアッシュにとって、二人は自分が超えるべき目標であり、そして頼りになる師匠でもあるからだ。

よし、これなら……とグッと拳を握るアッシュ。

彼の頬が、ぷにぷにっと指で刺される。

「でもさぁ、シルキィちゃんはちょっと思うわけなんだよね。あんさぁ、『風将』のうちが知らないこと、どうしてアッシュが知ってるの？」

「そ、それは……」

「うーん……焦ってはいるけど、嘘言ってる感じはしないんよなぁ。それもまた不思議っていうか」

アッシュはどこまで言ったものかと判断に迷う。

別に言ってもいいとは思う。

幸いなことにシルキィには、嘘の真偽判定ができるスキルがある。

彼女に自分が地球という異世界からやってきたことを教えれば、事態はもっと楽に動くのかもしれない。

少し悩んだ結果――やはりこの秘密は、墓まで持っていこうと決意が固まった。

自分が、ここではない物語の中のキャラクターである。

それを知らされて嬉しいような人物はいないと、アッシュは思ってしまったのだ。

「そ、そしたら行きましょう。そこのあなたは……」

「――ミンクよ、そしてこっちが……」

「ハリファ」

「そうか、ミンクとハリファ。とりあえず俺たちが来た道から帰ってくれれば、問題なくメレメレ鉱山を出れると思う」

アッシュは何か言いたそうなシルキィに無言で頭を下げながら、歩き出す。

シルキィはそれを見て「ん」とだけ言ってその後をついていく。

そしてナターシャもそれに続いた。

倒れていた冒険者の二人は、三人の背中をジッと見つめている。

呆《ほう》けたような彼女たちの方を、アッシュはくるりと振り返った。

「この魔物の出る探索エリアが繋がる現象は今日で終わる。だからギルドには伝えなくて大丈夫」

「は、はあ……」

二人がぼおっとしているうちに、アッシュたちは奥へと進んでいき、闇の中へ溶け込んでいった。

それからしばらくして。

「な、なんだったのかしら……」

「まあ、何にせよ助かったんだからいいじゃない。このままだとまたあの魔物が出てくるかもしれないから、急いで出よう、お姉ちゃん」

「ええ、そうね……」

ミンクたちは狐《きつね》につままれたような気分になりながら、メレメレ鉱山を脱出するのだった

――。

この後しばらくして、探索エリアで謎の少年がその両隣に美女を連れた、冒険者たちを助けて颯爽《さっそう》と去っていくという噂が流れるようになり、それを知ったアッシュが悶絶《もんぜつ》することになるのだが……それはまた別のお話。

現在のアッシュのレベルは31。

そしてメレメレ鉱山の攻略推奨レベルは16。

ポロロッカを始め出現する魔物を初級魔法である魔法の弾丸で倒すことができていたことからもわかるように、実際にレベルが高ければ高いだけ戦闘能力は上昇する。

そのためアッシュはこれまで、王都周辺にあるダンジョンや探索エリアでレベルを上げることで自分にできるギリギリまでレベルを上げてきた。

けれどそれでも、新たに戦うことになった魔物との戦いは、今のアッシュにとっては、激戦だった。

「ギイアァァッッ！」

この探索エリアで最も出てくる魔物がテンタクルスワンプであり、その次に出てくるのがギノリザードマンという魔物だ。

この魔物は全身が肌色の鱗《うろこ》に包まれていて、遠くから見れば全裸の男に見えないこともない、筋肉質な体型をしたリザードマンである。

リザードマンやレッドリザードマンのような通常のリザードマン種の魔物よりはるかに強敵

で、そして魔法も放ってくる。

ギノリザードマンの攻撃がやってくる。

手に持った三叉《みつまた》の槍《やり》による突きだ。

ひゅぼっという穂先が空気を裂く音が聞こえ、それに遅れて高速で飛来する突き。

アッシュは思い切り身体を横に曲げて、大振りな回避軌道を取った。

ギノリザードマンは放った突きを途中で止め、薙《な》ぎへと変更。

身体をねじったアッシュに攻撃を当てるべき軌道修正を行った。

「魔法の連弾」

対しアッシュは魔法の弾丸をギノリザードマンに打ち込む。

カカカカッと金属同士がぶつかり合う時のような硬質な音があたりに響いた。

ギノリザードマンに間違いなくダメージは通っている。

けれど鱗の奥の方に届いているであろう衝撃は、未だ削れていない鱗の上からでは判断がつかない。

アッシュは薙ぎを避けてからわずかに後退、そしてその反動エネルギーを利用して一気に前進。剣を振り、槍を放って伸びきった肘へと攻撃を繰り出した。

その攻撃は見事命中、けれどギノリザードマンは攻撃を止めることはない。

人間と魔物ではタフネスの度合いが違う。

アッシュが一撃をもらえば即座に回復魔法が必要になるほどの怪我を負うが、魔物の動きを止めるためにはかなりのダメージを与えなければならないのだ。

アッシュが持っている得物は、鋼鉄の剣である。

しっかりと鍛鉄してもらって作ったかなり上物な剣なのだが、その切れ味ではギノリザードマンの身体を一撃で貫くことはできなかった。

そのためアッシュは、得物のリーチの差を利用して果敢に攻め立てる。

槍のリーチよりも近く、敵の懐に入ることさえできてしまえば、相手の槍を使った攻撃の方法はかなり絞られてくる。

そして基本的に速度は自分の方が高いため、一撃をもらったりしない限りは常に自分が攻め手として攻撃を続けることができる。

「ギアッ――アギャアアアアアッ！」

ギノリザードマンは回復魔法を使うこともできるが、アッシュは相手が後方へ飛び、魔法発動の用意をしようとした瞬間に魔法の弾丸を顔面や足の甲といった鎧《よろい》の薄い部分に打ち込んで、魔法が発動するまでに必要な精神集中の隙を与えないことで、その使用を阻止させていた。

一撃一撃のダメージは少なくとも、それが蓄積していけば、相手のＨＰを削ることはできる。

「ギ……ア……」

攻撃を繰り返していくうち、ギノリザードマンの動きがどんどんと悪くなっていく。

そしてアッシュはその隙を見逃さず……剣を眼球に叩き込んだ。

「ア、ア……」

ギノリザードマンはそのまま地面へ倒れ込む。

ピクピクと痙攣《けいれん》させている身体に、アッシュは剣を差し込んでしっかりとトドメを刺した。

「うーん、ちょっと時間かかりすぎ?」

「急所を狙えば、三撃で勝負はつけられるはず」

「はあっ、はあっ、無理……言わないでください、よっ……」

水鏡の塔の推奨攻略レベルは38と、今のアッシュのレベルよりもずいぶんと高い。

アッシュの今のレベルと実力では、極大魔法を使わない限り一発で勝負を決めることはできなかった。

これではシリウスとの戦いの際に、確実に邪魔になってしまう。

シルキィたちに置いていかれぬよう、水鏡の塔でアッシュは、二人に見守られながらひたすら連戦を続けるのだった――。


この水鏡の塔の攻略難易度はかなり高い。

現在Cランク冒険者として活動しているアッシュが苦労していることからも察せるように、冒険者ギルドで推奨されているランクはB以上だ。

だがこれはアッシュにとってかなりの幸運だった。

このm9の世界においては、パワーレベリングは二つの意味で効果を発揮する。

まず一つ目は本来の意味の、レベルアップに伴う各種能力値の上昇。

そして二つ目は――。

「ネビュラタイフーン！」

魔物を討伐することによって手に入れることのできる、魔法の習得である。

アッシュが手を向けて意識を集中させることで、風の上級魔法であるネビュラタイフーンが発動する。

これは彼が今まで欲しくとも手に入れることのできなかった、上級魔法だった。

自分のランクと距離の関係上行くことのできなかった、上級魔法を使う魔物の出没するエリア。

そこへやってくることができたことで、アッシュはとうとう初級・中級と極大魔法の間を埋めるための、上級魔法を習得することができるようになった。

人には魔法の適性がある。

大きく分ければ、火・土・水・風の四元素魔法のどれが得意で、どれが苦手か。

そして更に細かく見ていけば、各属性の魔法の中でもどれが得意で、どれが苦手なのか。

その一つの指標となるのが、魔物の討伐である。

魔物を倒すことで、その魔物が使うことのできる魔法のうち、本人に強い素養のあるものを覚えることができる。

アッシュには全属性魔法の才能がある。

そして更に、彼はあらゆる属性のあらゆる魔法に対して適性を持っている。

つまり、こういうわけだ……アッシュという存在は、強力な魔物たちと戦えば戦うほど、強くなっていくのである――。

上級魔法と一口に言っても、対個人用から全体攻撃までその幅は実に広い。

ネビュラタイフーンは複数の魔物に使うための上級魔法である。

確実にダメージを与えることができるのは、発動した場所の近辺にいる魔物のみで、多くても三匹が限度だった。

アッシュが放ったネビュラタイフーンがギノリザードマン一匹に直撃し、その周囲にいた二匹のギノリザードマンにもダメージを与える。

二匹のギノリザードマンのうちの一匹はアッシュの方へと駆けてくる。

そしてもう一匹は、アッシュの相手を仲間がしているうちに、魔法を食らっている同胞に回復魔法をかけるつもりだった。

その三匹で連携して戦ってくる様子を見ても、アッシュの顔色は変わらない。

何故ならこれは既に何度も乗り越えてきた、見慣れた光景だったからだ。

アッシュは後ろの方で腕を組みながら観戦している師匠二人に背を向けて敵に駆ける。

まず狙うのは、後ろで回復魔法を使おうとしている個体だ。

「魔法の連弾」

アッシュが放った弾丸は、吸い込まれるようにギノリザードマンへと飛んでいく。

レベルが上がり向上した知力は、最初の頃とは違いギノリザードマンの内側へ、しっかりと衝撃を残す。
ギノリザードマンの精神集中が途切れ、回復魔法の発動が失敗に終わる。
その様子を見届けた時、眼前には槍を構えるギノリザードマンの姿が見えている。
アッシュは剣を構えながら、即座に魔法を発動させる。
「業の炎《フレイム・カルマ》」
使うのは対単体用の火属性中級魔法。
戦いながら、周囲に注意を向けた状態での魔法行使。
それができるようになるほど、今のアッシュには余裕が生まれているのだ。
既に水鏡の塔での連戦のおかげで、アッシュのレベルは４ほど上がっている。
そのレベル差が、これほどまでに優位に立てるようになった理由だった。
ギノリザードマンは炎に構わず突進してくる。
アッシュは炎がその顔に纏《まと》わり付き、視線が切れる瞬間を狙って斜め前へ進んだ。
そのまま、すれ違いながら一閃。
アッシュが駆けてから、先ほどまで彼がいたところへ、血が飛沫《しぶき》になって飛んでいく。
回復魔法が使えず大きな怪我を負っているリザードマンの方を狙う。
「魔法の連弾」
できた創傷を広げるように、患部に的確に魔法の弾丸を着弾させていく。
呻《うめ》き声を上げるギノリザードマンへ向かう。

力任せにでたらめに振り回された槍など怖くはない。

アッシュは冷静に懐に入り、剣でその喉元《のどもと》を突く。

地面に倒れたギノリザードマンが視界の妨げにならぬよう、大きくバックステップで距離を取る。

すると着地の無防備になるタイミングを狙い、最後の一匹が攻撃を仕掛けてきた。

しかしアッシュからすればその攻撃も織り込み済みだ。

ギノリザードマンならそのタイミングを狙ってくるだろうということはわかっていた。

彼は剣の腹で槍の一撃を逸《そ》らし、肉薄する。

剣の間合いとなれば、取り回しの悪い槍の向こうの方が分が悪くなる。

最後の一匹が倒れるまでに、時間はかからなかった。

ズズゥンと音を立てて倒れるギノリザードマンにトドメを刺してから、後ろを振り返る。

ナターシャもシルキィも、満足そうな顔をして頷いていた。

アッシュは久々に、自分が強くなっていく感覚を味わっていた。

彼は貪欲《どんよく》に強さを求めながら、水鏡の塔の探索を進めていく――。


今のアッシュには、戦闘経験を始めとする色々なものが足りていない。

そのためまずはレベル上げに勤しむことにした。

アッシュたちは水鏡の塔の深部にいるであろうシリウス・ブラックウィングに気付かれぬよ

う、メレメレ鉱山と『連結』されている探索エリアの中でも浅い部分で戦うよう心がけていた。

とりあえず最低限戦いに参加できるラインは超えなければ話にならない。

幸いアッシュのレベルはこの水鏡の塔の推奨レベルよりも低いため、戦っているうちにどんどんとレベルアップは進んでいく。

戦っているうちに、『連結』が解除されメレメレ鉱山と繋がる道は絶たれてしまった。

これでアッシュたちは、水鏡の塔から帰らなければならず、実際に王都まで戻るにはかなり長い時間がかかってしまうことになるだろう。

けれどシルキィもナターシャもアッシュの行動に文句の一つも言わず、それどころか進んで彼の手伝いまでしてくれた。

水鏡の塔での滞在時間は既に優に二日を超えていた。

だがそのおかげで、今のアッシュのレベルはようやく水鏡の塔でまともに探索のできるラインである38まで上がった。

シリウス・ブラックウィングと戦うことのできる最低ラインはどのあたりだろうか。

戦いながら色々と考えを巡らせるだけの余裕が生まれてきたアッシュは、頭を悩ませる。

シリウス・ブラックウィングは、この段階では戦うことのない、ゲームの中盤から終盤にかけて現れることになる魔王軍の幹部だ。

ｍ９において、彼のレベルは変動制となっていた。

どの段階で主人公であるライエンと戦うかによって、シリウス自体のレベルが大きく変化するのだ。

もっとも早いタイミングで遭遇することができた場合、40レベルでも苦戦することなく倒すことができる。

だが戦うタイミングが他の魔王軍幹部よりも遅くなってしまった場合、その討伐には50以上のレベルが必要となってくる。

更に言えばそれは『勇者の心得』を持つライエンのレベルであって、そんなチート能力のないアッシュが戦うためにはそれよりもかなりレベルを高くする必要がある。

ライエンの勇者の神託が早まったことによる、本来よりも早い遭遇。

となると一番早い遭遇よりも少しレベルは低いくらいと見積もってもいいだろう。

それを倒すのに必要になるレベル。

もっと言うのなら、シルキィとナターシャの荷物になることなく戦闘に参加できるようになるレベルは、いったいどれくらいだろうか。

この世界はゲームではない。

ゲームオーバーになってもセーブポイントからやり直すことも、教会で復活して再度ボスと戦うこともできないのだ。

安全マージンは、取れるだけ取った方がいい。

アッシュはシルキィとナターシャに、どれくらいの期間レベルアップができるのかを聞いてみることにした。

「んー……別にどんだけいなくても、平気っしょ。探索エリアを繋いで冒険者たちの育成を阻害するような極悪魔物倒したって言えば、多分何ヶ月か抜けてても問題なさげ～」

「もしその魔物を討伐できたのなら、それは父さんの七光りではない、私が私の力で成した初めての大きな功績になる。そのためなら、どれくらいの時間がかかっても問題ない」

二人ともかなり乗り気だったので、アッシュはとりあえずレベルを40まで上げた段階で、シリウスのもとへ向かうことを決めた。

そしてそこから更に潜り続けること一週間ほど。

アッシュのレベルは、ようやく40を超えることとなる。

今回火力が二人と比較すると大きく劣っているアッシュは、二人に回復を飛ばすヒーラーとして戦うことになる。

そのためアッシュにはシリウスに最低限のダメージが与えられるだけの魔法の威力と、相手の攻撃をある程度耐えられる防御と速度が必要だ。

レベルを上げたことによるＭＰの上昇により、今のアッシュはＨＰを全回復できる強力な回復魔法を使うことができる。

回復魔法が不得手な二人の不足を、今のアッシュは十分に補うことができる。

彼らは水鏡の塔の攻略を改めて開始し、そして――。


「ほう……わざわざ殺されにやってくるとは。殊勝な人間もいたものだ」

魔王軍幹部、シリウス・ブラックウィングのもとへと辿《たど》り着いた。

「我がゲートを使い魔物の生息領域を混ぜ合わせ始めてから未だ数日……これほどまでに高い調査能力を、まずは評価してやるべきだろうな」

魔王軍幹部、シリウス・ブラックウィングを一言で言い表すとしたら、黒い鳥だろうか。

その五本指についている爪は尖《とが》り、伸びている。

その一本一本が刃物のように強靭で、鋼鉄の剣程度ではまともに打ち合うこともできない。

二足歩行であり、足先は猛禽類のように三つに分かれている。

そして腕の手首までには羽がついており、両腕を広げればそれが一対の翼になり、飛翔することも可能だ。

体色のベースの色は黒で、ところどころに白が散っている。

大地にパラパラと雪が降っているようだった。

「だがしかし、貴様《きさま》らは運がない！　メレメレ鉱山を攻略するようなレベルで、このシリウス・ブラックウィングを相手にしなければならないのだから！」

バサッ、とシリウスが両腕を広げる。

翼を広げ、銅像のようにポーズを取った。

それを見たシルキィが、うへぇっという顔をしてから、

「ねえアッシュ、あれ何？」

「……あれが、エリアの『連結』を行っている魔物ですよ」

いる。


「趣味悪くない？　なんか、イタいやつがすごい格好つけてるみたい」

「同感。あんなのが幹部ていうなら、その魔王とかいうやつもたかが知れている」

ナターシャも同意見なようで、表情筋を動かさない彼女にしては珍しく眉間《みけん》にシワを寄せている。

正直なところ、アッシュも二人に同感だった。

シリウスはナルシストで、自分が魔王の右腕だと疑っていない（もちろん実際のところはその能力の稀有さから珍重されているだけ）ような自信家だ。

世界は自分と魔王を中心に回っていると心の底から考えていて、人間のことなど自分たちの引き立て役くらいにしか思っていない。

滑稽だ、とアッシュは笑う。

シリウスはなんにもわかっていない。

たしかに自分の実力は現状、一線級とは言えない。

けれど自分と共にある者たちが——アッシュの師匠たちが、いったいどれだけ強いのか。

彼我の実力差すらまともに把握のできていないシリウスのバカさ加減に、アッシュは苦笑を禁じ得なかった。

シルキィたちも、彼に釣られて笑う。

「——何がおかしいっ⁉」

それを見て怒ったのは、シリウスの方だ。

彼は人間のことを魔物たちにはるかに劣る存在としか思っていない。

常日頃から劣等として見下している人間共にバカにされたのが、相当に頭にきたようだった。

「よかろう、貴様らに教えてやろうではないか！　この魔王軍幹部――シリウス・ブラックウィングの恐ろしさというやつを！」

こうして戦闘は始まる。

戦闘開始のＢＧＭ変化もなければ、視覚的な変化がやってくるわけでもない。

けれど突如として、空気が変わる。

シリウスの放つプレッシャーが、アッシュの肩にのしかかった。

だがそれでも、アッシュは笑ってみせる。

自分の師匠たちならばやってくれると、彼女たちのことを信じているから。

そして彼女たちの助けが今の自分にならできると、自分のことも信頼しているから。

「ウィンド・テンペスト！」

戦端はシルキィが開幕から全力で放った、上級風魔法ウィンド・テンペストによって開かれた――。

「ちいっ、無粋な人間が！　神聖な戦いを不意打ちで汚すような真似《まね》しかできんとは――」

王国で最強の風使いに与えられる称号である『風将』。

それをいただくシルキィの放ったウィンド・テンペストを食らったはずのシリウスは――しかし、まったくの無傷だった。

ダメージを受けたような様子もなく、その衣服にはほつれの一つもできてはおらず、彼はただ怒り心頭といった様子でアッシュたちのことを睨《にら》んでいる。

シリウスのその防御能力の高さから、シルキィが不思議そうな顔をする。

こうして戦闘が始まった以上、情報の出し惜しみをする必要はない。

アッシュは勝つために、全力を尽くすだけだ。

「シリウスが『連結』を行えるのは、彼のユニーク魔法ゲートによるものです。今はそれを小規模で発動させたことで、シルキィさんの攻撃を遠くへ逃がした形になります！」

「あーね、なるほろ」

「貴様ッ！　俺の情報を、いったいどこで――まさか、魔王軍に裏切り者がいるというのか!?」

納得した様子のシルキィと、驚きを隠せていないシリウス。

そんな二人の間を駆ける一筋の光がある。

――それは剣を構え高速で移動するナターシャの持つ剣の、剣呑《けんのん》な光だった。

限界まで強化された肉体により可能となった高速移動は、風を切り音を置き去りにする。

アッシュが一つ瞬きをする間にナターシャの姿は消えており、その背中を捉えた時には既に、彼女はシリウスに肉薄していた。

一閃。

ナターシャの腕がブレた次の瞬間には、剣が消え、相手の肉を抉る軌道で叩き込まれている。

「ゼロ距離なら――」

今代の『剣聖』であるナターシャが放った一撃。

しかしそれもまた――シリウスの目の前で消え、彼は傷一つ負っていない。

ナターシャは剣を引き、放つ。

身体をねじり、突き入れる。

けれどその尽くが空振りに終わった。

シリウスの放つ反撃に備えるため下がった彼女は、不思議そうな顔で己の剣を見つめる。

「攻撃が入らない……？」

「それもゲートの応用です！　シリウスは身体の周囲を別の空間と連結させることで、攻撃を完全にシャットアウトしています！　それを攻略するためには――」

アッシュが最後まで言い切る必要はなかった。

ナターシャは下がっていたところから反転、前に出る。

そしてシリウスが放つ虹色《にじいろ》の魔力弾をその身に浴びながら、そのまま剣を振り抜く。

互いの身体に衝撃が走る。

ナターシャの肉体が魔力弾によって抉られ、彼女が放った斬り上げは、今度はシリウスの肉を裂いた。

「シリウス自身が反撃しゲートを解除する瞬間。そこに合わせて、カウンターを叩き込めばいい」

「――クソッ、人間風情がぁっ！」

ナターシャは前に出る。

彼女の攻撃を邪魔せぬよう、またいざという時にカバーに入ってもらうことができるよう、アッシュはナターシャとシルキィの中間位置あたりをキープし続けた。

「シッ！」

『剣聖』の一撃は、重い。

威力が高く、その速度は軽い。

剣筋は翼を使って空を舞うドラゴンのように軽やかで、優雅さすら漂わせていた。

「ぐっ、ぐううっ！」

相対するシリウス・ブラックウィングは、憎々しげな様子でナターシャのことを睨んでいる。

既に傷は回復していたが、その身に纏う服は剣筋に沿うように裂かれてしまっている。

シリウス・ブラックウィングの持つユニーク魔法ゲート――それは空間と空間を繋ぐ扉を作ることができる魔法だ。

二つのゲートを設置することで両者間の往来が可能となり、それを利用して彼は『連結』と呼ばれることになるダンジョンと探索エリアを繋ぎ合わせる現象を起こすことができる。

彼はその強力なユニーク魔法を覚えているが故に、回復魔法や一部の攻撃魔法を除いてほとんど魔法の才能がない。

つまり使うことのできる攻撃手段は限られる。

シリウスの持つユニーク魔法は、どちらかと言えば初見殺しに近い。

彼にこちらの攻撃は当たらず、そしてあちらの攻撃は着実にこちらにやってくる。

その対応をどうしようか、その原因がどこにあるのかを考えているうちにメンバーがやられてしまい立て直しができなくなりゲームオーバー……というのが、シリウス戦をしたプレイヤーに襲いかかった悲劇であった。

しかしその初見殺しは、今はまったく機能していない。

何故ならそこに、既にそれを見たことのある人間――アッシュがいるからだ。

「エクストラヒール」

ナターシャの攻撃がシリウスの身体を通過する。

ゲートを繋いでいるためにシリウスにダメージはないが、その隙を縫う形で、アッシュはナターシャの傷を回復魔法によって癒《い》やした。

「マジック――チッ、邪魔をするなっ！」

そのアッシュの回復魔法に、シリウスが顔を歪《ゆが》める。

目の前にいるナターシャを治してしまうアッシュを倒さなければ、延々と回復されてしまうことになる。

そのため中衛としてナターシャとシルキィの間に入っているアッシュを倒そうとする動きを見せるシリウスに対して、即座に反応するのは戦闘慣れした二人だ。

魔法を放とうとすれば、そこに呼応するようにナターシャが小刻みな、鳥の啄みのような攻撃を繰り返す。

更にそれに合わせるかのように、シルキィも細かくウィンド・カッターを放つことで牽制《けんせい》を繰り返す。

こうして細かい連打を重ねるようになったのは、シリウスのゲート対策である。

シリウスがゲートを解除して攻撃が通るようになった瞬間を逃さぬよう、またゲートを発動している最中に大きな一撃を放ってしまわぬようにした結果だった。

結果としてシリウスは舌打ちをしながらも、ゲートを維持したままナターシャとの距離を維持する。

そして一連の攻防をしているうちに、彼がナターシャにつけた傷は完全に治ってしまっていた。

相手が攻撃を防いでいる間は、こちらに干渉する手段を持たない。

その間に回復魔法を挟むことさえできれば、条件は五分に近いところまで持っていける。

シリウスはこちらに致命傷を与える手段を持たず。

それはアッシュたちも同様だが、シリウスに最低限の攻撃を通すことはできる。

シリウスは魔物でありゲームにおいては屈指の強さを誇るボスキャラである。

大量の魔力を消費するゲートを使用し続けることができるように、その所有する魔力は文字通り桁違いなものになっている。

その分アッシュたちは、魔力をセーブしながら戦う必要があった。

けれどそれでも現状優勢なのは、アッシュたちと言えるだろう。

両者共に決定打を与えることはできなくとも、その攻防は確実にシリウスに精神的なダメージを与えることに成功しているからだ。

またシリウスが時たま使う回復魔法は、発動の瞬間に叩き込まれるシルキィとナターシャの大技との帳尻を考えると、まともな回復量を確保することができているとは言いがたい。

お互いがダメージを与え、それを回復魔法によって癒やす。

シリウスは魔法を切り替えながら戦わなければいけないため、回復魔法を使う瞬間には、ナターシャとシルキィの攻撃を食らうことになる。

対しアッシュたちは手数が三倍あるために、ナターシャが怪我をすればすぐに手当てをすることができる。

戦いは根比べの様相を呈していた。

まるでターン制の戦闘をしているかのような攻防が、数度ほど繰り返される。

それに業を煮やし新たな動きを見せたのは、人間風情にいいようにされている現状に怒りを強めたシリウスの方だった。

「貴様ら――よかロウ！　俺の全力で、叩きのめしてヤル！」

ｍ９において、ボスキャラであるシリウス・ブラックウィングには、ドラ〇エにおけるデスピサ○のような形態変化は存在しない。

だがシリウスはある程度のダメージを与えられた段階から、行動ルーチンが変更されるようになる。

そのようなパターンの変化が起こったのを示すのは、激昂《げっこう》しつり上がった目。

そして怒りから片言になったシリウスの言葉である。

こうして怒って本気を出すようになったシリウスは、いったい今までと比べると何が変わるか。

その変化は大きく分けると二つ。

まず一つ目は、魔法の多重発動が可能になることで今まであった弱点が大きく減じられること。

そして二つ目は——。

「出でよっ、我が軍勢たち！」

ゲートを使い空間を繋げることで可能となる荒技——異なる場所からのモンスターの召喚である。

魔物の知能は基本的にはそれほど高くはないが、自分たちの上位者の言うことは聞くという生物的な特徴を持っている。

魔王を頂点としている魔物たちは、魔王軍幹部であるシリウスの命令には従うのである。

シリウスの最大の攻撃手段は、この魔物たちを用いた物量攻撃。

他の生息地帯から魔物たちを大量に呼び寄せることによる物量作戦だ。

あまりにも単純で、それ故に突破が困難である。

シリウスが生み出したゲートの数は合わせて四つ。

彼はそのうちの一つをナターシャに、もう一つをアッシュに、そして最後の一つをシルキィの脇につけるような形で使う。

ちなみに残りの一つは、シリウス自身が相手の攻撃から身を守るためのゲートだ。

ゲートの中から、魔物たちが飛び出してくる。

ここにきて、後方支援に徹していたアッシュとシルキィも、そう安穏としていることができなくなってくる。

「ちぃっ、魔法の連弾！」

アッシュに襲いかかるように、風属性を持つ魔物たちがゲートから飛び出してくる。

恐らくはアリエラ山脈あたりと道を繋げているのだろう、その推奨レベルはメレメレ火山より少し高いくらいのため、今のアッシュにとってさほどの難敵ではない。

(これじゃあナターシャさんに回復を飛ばせないぞ！)

だが何より数が多い。

そしてゲートから飛び出してくる魔物たちは常にアッシュを包囲するような形で展開し続けるため、とにかく視界が魔物で埋まってしまう。

もちろんナターシャの方にも魔物は向かっているため、中衛であるアッシュは二重の魔物の

壁によって視界を塞がれてしまい、シリウスとナターシャを完全に見失ってしまっていた。

「火魔法の弾丸《ファイア・ブリット》！　火魔法の弾丸！　――ええいっ、火魔法の連弾！」

魔法の弾丸では一撃で相手を沈められるほどの威力がない。

けれど火魔法の弾丸を打ち続けるだけだと、手数が足りない。

そのためアッシュは土壇場で、ぶっつけ本番で新たな魔法――火魔法の連弾の五連射に成功する。

一度に五発の火魔法の弾丸を撃てるようになることで、火力不足が大いに解消される。

そのためアッシュの周囲から、魔物の影が徐々に減り始める。

――だからこそアッシュは、寸前で気付くことができた。

「――っ!?　ちいっ！」

アッシュが剣を振り上げると、そこにはシリウスの爪撃が。

視界がクリアになっていたおかげで、攻撃がやってくる直前ではあったが、しっかりとシリウスの姿を確認することができたため、ギリギリで迎撃が間に合った。

けれど鋼鉄の剣を咄嗟《とっさ》に上げただけでは、シリウスの攻撃の勢いを完全に殺すことはできない。

そしてシリウスは、回復魔法を使う隙を与えぬために連撃を開始する。

「このパーティーの要は回復役の貴様ヨ！　まずはお前を潰《つぶ》してヤル！」

こうしてアッシュは、たった一人でシリウスに挑まなければならなくなってしまったのだった――。

前を確認するが、ナターシャは魔物に隠れて見えない。

後ろを確認すると、暴風が吹き荒れていた。

魔物たちは風に巻き上げられて天高く飛んでおり、シルキィも戦っているのがわかる。

恐らくそう遠くないうちに、二人とも合流してくれるはずだ。

だから今は、なんとしてでもシリウスの攻撃を凌がなければいけない。

シリウスは自分の身体につけているゲートから、新たな魔物を召喚する。

リザードマンやゴブリンたちが、大挙して襲いかかろうと駆けてくる。

「魔法の連弾」

幸い、出てくる魔物はどれも雑魚《ざこ》ばかり。

恐らくはこちらの注意をひきつけるのが狙いだろうと、アッシュは魔法の連弾を使って的を蹴散らしながら、常にシリウスに意識を傾ける。

「ザットシュート！」

「火魔法の連弾！」

シリウスは魔物の陰に隠れるようにこちらに近付いてきていた。

上背の高いリザードマンの後ろに隠れていたため、目算をわずかに見誤る。

想定より少しだけ近付かれていたシリウスが虹色の魔力球を放つ。

その数は四。

その全てにぶつけ、更には上回れるよう、アッシュは五発の弾丸を装填《そうてん》し放った。

ドゴオォン！

激しい激突、そして大きな爆発音が響く。

互いの攻撃は相手を飲み込まんと破裂し、炸裂し、そして衝撃波を周囲へとばらまいた。

一つ一つの攻撃力だとシリウスがわずかに上回るが、手数はアッシュの方が多い。

結果としてわずかにアッシュが優勢になる形となり、爆風はシリウスを飲み込んだ。

それを好機と見て、アッシュが剣を振る。

剣が風を斬り、唸りを上げてシリウスへと襲いかかる。

「ちぃッ！」

シリウスはそれを己の爪で受け止めた。

ギャリギャリと、爪と剣が互いを押し合いながら前に出ようとする。

膂力で見れば、アッシュの方が明らかに不利だった。

けれど彼に剣を教えたのは――この世界最強の剣士である『剣聖』である。

「グウッ!?」

アッシュは押し合いを不利と見た瞬間、即座に腕に込めた力を抜いた。

互いにぶつけ合っていた力の片方がなくなるのだから、当然もう片方のシリウスは上体のバランスを崩してしまう。

アッシュはそこを狙い、すれ違いざまに剣を振る。

剣は薄くはあるがシリウスの脇腹を切り裂く。

そして刀傷部には、パッと青い華が咲いた。

それで気を弛《ゆる》めるアッシュではない。

彼はそのまま振り返ることもなく、裏拳の要領で背後へと剣を叩き込む。

飛びかかる際、勢いをつけながら回転をすることで前に向き直る。

そこには今度は足技を使おうとするシリウスの姿があった。

アッシュがナターシャに叩き込まれた戦法はいくつもある。

彼は一瞬のうちにその一つを使うタイミングと思い——相手の技の始動点を潰しにいく。

このｍ９の世界においては、固有スキルを持っている者や魔物の中でも強力な個体の中に、特殊なモーションを挟むことで通常より強力な攻撃を放つことが可能となる者たちがいる。

それらの攻撃は、初動を完全に潰すことができればそもそも発動ができなくなる。

またそういった特殊なものではない攻撃であったとしても、技の始動を妨害することには意味がある。

満足な威力を発揮することができなければ、それだけで相手の動きと心は乱れる。

『戦いとは、如何に自分がしたいことを押し通し、相手がしたいことを邪魔するか』

『剣聖』ナターシャの金言は、アッシュの心にしっかりと刻まれていた。

アッシュには手数を補うための技がある。

俊敏さを活かした突きの連続は、着実にシリウスの神経を削ぐ。

それならば遠距離から一方的に攻撃を叩き込もうと下がるシリウスに対しては、魔法の弾丸で対処を行う。

その一つ一つのダメージは、シリウスにとって決して大きなものではない。

けれどそれらの小さな石の積み重ねは着実に小山を成し、大きな意味を持ってシリウスに精神的なダメージを与えていた。

「ちいっ、それならばっ！」

シリウスが背中の翼で己を掻き抱くようなモーションを取った。

それは彼が放つ必殺技の一つ——自分を中心として周囲に強力な魔法攻撃を放つ『黒翼衝撃』を放つ際の固有モーションだ。

しかしそれを見ても、アッシュは動揺していない。

彼は周囲に来る魔物を着実に減らしていきながら、魔法の弾丸をシリウスへと放ち続ける。

彼が落ち着いていられるのも、当然のことだ。

なぜならアッシュの視界には——モーションを潰すことの大切さを教えてくれた、己の師匠の姿が映っていたから。

「——シッ！」

魔物たちを平らげ、気配を殺し、アッシュに意識を向けさせることでその存在を気取らせなかったナターシャ。

彼女の一閃が光の筋を描き――シリウスの翼が、切り飛ばされた。

「グアアアアアッ!!」

羽と一体化した左腕が宙を舞う。

ブシャアッと音が聞こえるほどの勢いで血が噴き出し、ナターシャの頬を赤く染める。

左腕がなくなったことが信じられないというようにシリウスが右腕を回し、先ほどまで腕があったはずの虚空に手を伸ばす。

当たり前だが掴めるのは空気だけで、そこに腕はない。

その隙だらけの様子を見逃すナターシャではない。

剣が無限軌道を描くかのように奔《はし》る。

引いてから突くまでのラグが極限まで削られた彼女の攻撃が高速で放たれていく。

レベルアップと『剣神の寵愛』により、剣技を振るうナターシャの動きは人体の限界を超える。

音に迫る速度で放たれる神速の突きは、剣先の残像を幾重にも生み出し、突きが当たる瞬間には次の突きが当たっていた。

ドガガガガッ！

鳥が木々の中にいる虫を啄む時の嘴のような、軽々と放たれるようにしか見えぬ一撃。

しかしあらゆる補正がかかったナターシャのそれは、その一突き一突きが必殺の威力を持つ。

岩を穿ち、鉄を貫き、硬皮を切り裂く必殺の連撃は、左腕消失のショックからゲートによる防御を怠っていたシリウスに命中していく。

「ガッ!? グッ!? ガアッ!?」

シリウスの身体に赤い花が咲いていく。

暴力そのものであれど、剣のきらめきは美しく、その鋭さが咲かせる赤を照り返している。

苦悶《くもん》の顔を浮かべるシリウスに、先ほどまであった余裕はない。

そこにある兆候を見たアッシュは、自分の後ろ側へと魔法の弾丸を放ち、その反動を使って強引に前に出た。

ブオンッ!

暴風が吹き荒れ、アッシュの頬を浅く裂く。

彼の視界の先にいるのは、風魔法の全体攻撃で魔物達を一掃したシルキィだった。

アッシュの視線に気付いたシルキィは、いつものように眠たげな顔をしたまま、パチンとウィンクをした。

アッシュは射線が通ったことで、火魔法の連弾をシリウス目掛け真っ直ぐに放つ。

「ディメンジョンゲート!」

「――っ! 逃がさないっ!」

ナターシャの振りかぶった一撃は、たしかにシリウスの身体を袈裟懸けに切り裂いた。

けれどシリウスは自らの身体をゲートの中へと埋め……そのままこの場から消失してしまっ

た。

息を荒らげているアッシュとナターシャ。

そして強力な魔法を使ったせいでどこかダルそうなシルキィ。

三人の顔に、悲壮感はない。

「うん、二人ともありがと。私は先行っとくから、ついてきてね～」

シルキィはそれだけ言うと、風をその身に纏い、正しく風の速さでその場から消えてしまったのだった――。

「ぐっ、はあっ、はあっ……」

水鏡の塔の最深部の一画、行き止まりになっている区画にシリウスの姿がある。

左腕は肘から先を失っており、右腕にもいくつもの刀傷があり無事とは言いがたい。

全身は傷だらけで、特に肩から腰にかけて大きな裂傷があった。

シリウスは回復魔法を使い応急処置を施しながら、歯を食いしばる。

「くっ、この俺があんな、人間どもに……」

シリウスは人間を侮っていた。

今まで魔物に脅かされ、いいようにされてきただけの人間など取るに足らぬ存在だと、最初から全力を出さずに舐めていたのだ。

そしてそのせいで不意打ちを食らってしまい……結果はこの様だ。

「……いや、今回ばかりは、認識を改めなければいけないだろうな……」

認めよう、今回ばかりはシリウスの完敗だった。

これだけ傷を付けられては、人間の中にも場合によっては自分にも勝るだけの強者がいると認めざるを得ない。

だがこれもまた一つの教訓だ。

今後はたとえ相手が人間であっても決して手を抜くことなく、全力であたらなければなるまい。

今まであった傲りを恥じ、シリウスはまた一つ学びを得た。

――だがその教訓を活かすことができるのは、彼が生き延びた場合のみ。

「風精霊召喚」

「なっ、貴様はっ!?　なぜこの場所が――」

シリウスが振り返った先にいたのは、全身に風を纏い緑色のオーラを放つシルキィ。

彼女の隣には、自身が召喚した美しい女性の見目をした精霊の姿がある。

「なぜって……風は私の親友。風の流れが変わった場所を探ることなんて朝飯前ってわけ。逃げられるとは思わない方がいいよ」

「くっ……このシリウス・ブラックウィングが、こんなところでぇぇぇっ！」

「テンペストオブゴッド」

対単体用の上級風魔法、テンペストオブゴッド。

神の嵐の名を冠する暴風が、シリウスの身体を削る。

応急処置をしただけのシリウスではその一撃に耐えることはできず……彼はそのまま、全身を切り刻まれて倒れ伏す。

そして二度と立ち上がることはなかった。

こうしてアッシュたちは、魔法を覚えるついでに、魔王軍幹部の一角を倒すことに成功したのだった――。

第三章　本当、本音、本人

「ふむ、なるほどな……」

王立ユークトヴァニア魔法学院の校長室。

校長だけが座ることを許されているはずの革張りの椅子《いす》の上でふんぞり返っているのは、リンドバーグ辺境伯である。

彼のすぐ隣にはその一挙手一投足にビクつき、不安そうな顔をしている校長のマリアの姿があった。

そしてその向かいには、今回属性魔法の弾丸を覚えにメレメレ鉱山に行ってきたアッシュが。

そしてアッシュの後ろには、自分の愛娘であるシルキィと『剣聖』ナターシャが立っている。

未だアッシュの方が背が小さいので、どうにもアンバランスな感じは否めない。

リンドバーグ辺境伯は話があるというアッシュたちの言葉を受け、再度魔法学院へとやってきていた。

そして今現在報告を聞き終え、腕を組んで瞑目《めいもく》しながら考えをまとめていた。

(魔王軍幹部、シリウス＝ブラックウィング……未だ名前すらわかっていない魔王の幹部を倒した。にわかには信じがたい話だが……こいつらならと思わなくもない)

実はリンドバーグ辺境伯を始め、フェルナンド王国の重鎮には、既に神殿から新たな神託が下されていることが知らされている。

『勇者の対となる魔王が現れ、世界を混沌に飲み込もうとするであろう――』

勇者であるライエン。

昨今魔物被害が大きくなりつつあり壊滅する街も出てきている中現れた新たな御旗。

最近の中では珍しく明るいニュースが来たかと思えば、崖から叩き落とすかのような新たな神託。

現在王国内部は、政治闘争や魔王への対策に追われててんやわんやな状態だった。

『風将』シルキィや『剣聖』ナターシャにすら未だ知らされていないことからもわかるように、この神託は王国秘中の秘。

無用な混乱を避けるため、辺境伯を含めてこれを知る人物の数は五指に満たない。

そのため現在は各地で増加する魔物被害への対策のためという名目で、国がどんどんと軍事費に関する補助を出している。

当たり前だが、アッシュたちに神託が漏れているはずがない。

となれば本当に魔王軍の幹部を倒したことになるわけだが――。

「アッシュ」

「はい」

「魔王軍幹部という敵方の重鎮をたったの三人で討伐したその功績、誠に比類なし。けれど申し訳ないが、今回はシルキィの手柄ということで納得してもらいたい」

「ちょっとお父さん、いくらなんでもそれはないんじゃないの？」

文句タラタラな様子で父を睨むシルキィ。

けれどそれは以前のようにやけっぱちなそれではなく、父親に対して娘が向けるごく当然のものだった。既に親子仲が改善している気が置けない二人からすれば、腹蔵なく意見を述べ合うことができる。

「シルキィ、お前から見てナターシャはどうだ？」

「真面目、堅物、言葉少な、根暗」

シルキィの無遠慮な言葉に、ナターシャの目がスッと細くなる。

それに気付いた辺境伯はにぃっと笑い、隣にいるマリア校長はとうとう緊張感に耐えきれずに机に手を伸ばした。

そしてアッシュが二人に買ってきた火酒のうちの一本に手をかけて、キュポンッと魔法で器用にコルクを抜いてがぶ飲みし始める。

強者たちが放つプレッシャーと辺境伯が常に発している闘気にあてられ、とうとう我慢が効かなくなり、おかしくなってしまったようだ。

「……でも信用はできるよ」

「そうか、それなら説明しよう」

理由は聞かず、娘の言葉を信じた辺境伯はアッシュたちに魔王についての諸々《もろもろ》を話すことにした。無論アッシュについて聞かなかったのは、既に彼については自身で品定めを行っていたからである。

　マリア校長が時折むせながら火酒を半分ほど飲んだ頃には、全ての説明が終わった。

「俺はこれをシルキィ——つまりは次期辺境伯である『風将』の手柄とすることで、王国の政治中枢の掌握を目指す。互いに足を引っ張り合ってるこんな現状では、世界そのものを呑み込む魔王などという化け物を相手にして勝てるはずがないからな」

　長い平和が続いたことにより、現在のフェルナンド王国の政治体制は腐敗の一途を辿っている。基本的に政《まつりごと》が苦手であまり興味もない辺境伯からすれば誠に不本意なことではあるのだが、彼は魔物たちの大軍や魔王を相手にして有効な手が打てる人間は、王国上層部において自分しかいないことをしっかりと理解していた。

　最前線で魔物を倒して開拓をしてきたような自分でなければ、これから先にやってくるであろう国難を前にして戦い抜くことはできないであろうことも。

　嫡子であるシルキィが魔王の幹部のうちの一体を倒したという事実は、リンドバーグ辺境伯が魔王に対抗できるという何より雄弁な証拠となり得る——いや、なるようにしてみせる。

　辺境伯は校長が酔っ払ってろくでもないことを始める前に手刀でその意識を奪い、アッシュたちの方に向き直った。

「無論、相応の報酬は用意しよう。シルキィは既に国防を担う『風将』の立場だから公に報奨金が出るはずだ」

　既に国難にあたる立場である以上、その処遇は当然だった。

シルキィが不満もなく頷くのを見てから、次にナターシャの方を見る。

「ナターシャ、いくら『剣聖』の二つ名を授かったとしても、お前の身分は未だ百人隊長に過ぎない。今後も色々と動くとなると、その立場ではやりにくかろう。非公式ではあるが、後に将軍職の座につけることを約束しよう」

こくり、とナターシャも頷く。

興味なさそうな表情をしているが、その瞳の奥がキラッと一瞬輝いたのを、辺境伯は見逃さなかった。

「さて、アッシュ。聞けば今回の戦い、お前の活躍に拠る部分が非常に大きい。さあアッシュ、お前はいったい何を望む？　辺境伯が叶《かな》えられる程度のものであれば、どんなものでも聞いてやるが――」

「えっと……それじゃあ――」

アッシュの続けた言葉に、辺境伯は快活に笑うのだった――。

ユークトヴァニア魔法学院で新たに創設された特待生制度。

これを使って入学したアッシュの学内での評判は、日が経つにつれて右肩下がりに落ちていた。

最初は試験結果を含めてほとんどの部分がヴェールに包まれていた謎の人物だった。

そしてよくわからないなりに、別に大して座学も実技も成績がよくないということが徐々にわかってきた。

素行は悪く授業の遅刻は当たり前。

未来のエリートを育成する当学院にあまりにもふさわしくない。

そして最近では、学校を欠席することもかなり多かった。

つい先日のことだが、十日以上連続で学校を欠席さえした。

本来なら公欠でもない限りは許されないような暴挙だ。

さすがに目にあまると何人もの生徒たちが校長であるマリアに直談判をしたが、彼女は頷いて話を聞いているだけで、一向に厳しい沙汰《さた》を下すことをしなかった。

実家の伝手《つて》を使って退学に追い込もうとする者もいたが、その目論見《もくろみ》も全て失敗に終わる。

そのため誰もがぐぬぬ……と唸っていながらもアッシュのことをどうにもできないという事態になっていた。

その様子をおかしいと思っていた者は何人もいたが、中でもそれを特段の違和感として捉えていた人間が二人いる。

(やはり何かがおかしいと思うんだよな……)

世界を救う英雄になるという神託を受けた勇者ライエン。

彼は以前アッシュと会話をして、何か違和感のようなものを感じていた。

そしてそれは現在、明確な輪郭を作りつつある。

貴族の人間が働きかけてもアッシュを誅することができないということは、彼になんらかの貴族の伝手《つて》があるということ。

誰も彼もが失敗していることを考えると、高い爵位を持っている貴族との繋がりがあると考える方が自然だった。

だがアッシュは特待生であり、両親も特に何の変哲もない平民である。

そんな人間が大貴族相手に伝手を持っている、というのがおかしい。

そして王女イライザに対する態度。

本来なら平伏して顔を見ることすら許されぬほどの高貴な存在である彼女を前にしても、アッシュは眉一つ動かさずに平静を保てていた。

子爵家の嫡男であっても話す際には気負わずにいられないような存在を相手にしてあそこまで自然体で話すことができる……そんなことが果たしてできるものなのだろうか？

ライエン自身伯爵家の令嬢と伝手があったり、イライザ相手にタメ口を利いたりと、実はアッシュとそれほど変わらぬ感じなのだが、自分のことは案外わからないものである。

ライエンは自分のことを完全に棚に上げて、そんな風に考えていた。

そしてもう一人、アッシュに何かを感じている者。

その人物は――。

（アッシュさん……これは偶然の一致、なんでしょうか……？）

ウィンド公爵家の長女、メルシィ＝ウィンドである。

彼女は遠目からしかアッシュのことを見たことがない。

だが遠目から見ただけで、すぐにわかった。

彼は自分が知っている――つまりは年少の部の武闘会で優勝したあのアッシュとはまったくの別人だと。

顔の作りが違うのに同一人物と言い張るのは、さすがに無理があった。

（アッシュさんと次に会えたら……あの時のお礼を言うつもりだったのに……）

メルシィはとある出来事を無事に乗り越えてからというもの、アッシュのことを探し続けていた。けれど家の力を借りてまで捜索したにもかかわらず、アッシュに関わる情報は出てはこなかったのだ。

彼女もまた、ライエン同様本来の正史とは異なる人生を送っている人物の一人だった。

本来なら既に、ウィンド公爵は隣国と密通を重ね、有事の際には寝返る旨の書面をしたためていた。そして後にそれが暴露され、公爵家は取り潰しになってしまうという流れだったのだ。

しかし歴史は、アッシュがメルシィへ忠告をしたことで変わった。

彼の言っていたことの真の意味をメルシィが知るのは、あれからしばらくしてのことだった。

父が敵国と内通しているかもしれないことに勘付いたメルシィは、自らの知り合いの貴族家から力を借りることで、完全に寝返る前に公爵の暴挙を止めることに成功した。

おかげで現公爵は貴重な二重スパイとして活動することになり、結果として王国になくてはならない存在へと変わりつつある。

そのきっかけを作ってくれた、恐らくはあの頃から公爵の何かに気付いていたのであろうアッシュ。

彼がいなければ今頃、公爵家は取り返しのつかないことになっていたかもしれない。

そう考えてメルシィはアッシュを今でも探し続けている。

その理由がお礼を言うためだけなのかどうかは……本人にも、わかっていなかった。

（でもやっぱり……僕にはアッシュがあれほど弱い人とは思えない）

（同一人物なはずがないとはわかっています、けれどどうしてでしょう……私はあの人に、あのアッシュの面影を感じているのです）

二人の中にある疑念は、日に日に膨らんでいった。

そしてほとんど同じタイミングで、やはりアッシュから一度詳しい話を聞こうと思い立つことになる。

こうして二人はアッシュの下へと向かうことになる。

その結果がどんなものになるのか、まったく想像することもしないで――。


ライエンは以前と比べ、アッシュのことをよく観察するようになっていた。

だからだろう、彼はアッシュが時折消えるようにいなくなっていることにも気付いていた。

不思議なことに、いなくなったり、学校をサボったりしてもお咎めはない。

もちろん教師陣からのネチネチとした説教くらいは受けるが、彼が休学になったり退学沙汰になったなどという話は一度として聞いたことがない。

考えれば考えるほどおかしな話だ。

嬉々としてやめさせたがっている者たちが多いのに、アッシュはのほほんと学校に通っているのだから。

もしその理由が、彼の実力にあるのだとしたら——。

ライエンの脳裏に、一人の少年の顔がよぎる。

自分が力に振り回されながらも己の持つスキルを覚醒させ、全力を出し——その上で負けたあの少年——モノ。

自慢でもなんでもないが、あれ以降ライエンが同年代との戦いで負けたことはない。

苦戦をしたことも、更に言えばそもそも本気を出したことすらほとんどなかった。

王女イライザに一度真剣に戦ってほしいと懇願された時に、『勇者の心得』の一つ目を使ったことがあったが、その時も彼女を圧倒して簡単に勝ってしまった。

そのせいで最近はイライザにつきまとわれることも増えたのだが……まあそれは今はいい。

ライエンはここ最近、己の身にかかっている色々なプレッシャーに嫌気が差し始めていた。

神童と持て囃され、勇者として将来を嘱望され、この世界の救世主となるのではないかと周囲から期待されていた。

それを重荷と思ったことは、一度もない。

けれど肩や背にかかる重圧を感じたことは、一度や二度では利かなかった。

誰も彼もが忘れているのだ。

未だライエンが、成人すらしていないただの少年であることを。

未成人の少年にどれだけ期待をすれば気が済むのか、と思い、ライエンはその度にこの世界の大人の頼りなさにため息を吐いた。

『勇者の心得』というユニークスキルを持ってしまったことで、神託により勇者であることが発覚してしまったことで、フェルナンド王国という大きなものの中の体制の中に組み込まれるようになっていると感じることが増えた。

有力者と顔を合わせることも多くなった。

最近では貴族の娘たちの絵が送られ、ぜひ一度お見合いをと言われるようにすらなっていた。

正直なところ、俗世のしがらみというのは非常にめんどくさかった。

もういっそ、どこかへ逃げ出してしまおうか。

誰も自分のことを知らない場所へ行って、一人のライエンとして生きていこうか。

そうすれば自分はもっと危険と隣り合わせの場所へ行き、更なる力を身につけることができるのではないか。

正直に言えば、そんな風に考えたこともある。

けれどその時には彼の――モノの顔が頭に浮かんだ。

(僕は彼に並び立てるような人間でありたい。そして彼に今度こそ――勝ちたい。そのために力を磨いた、そのために我慢してきた)

もう一度モノと会った時に、彼に呆《あき》れられるような人間ではいたくない。

ライエンが最後のところで踏ん張ることができていたのは、モノに拠っている部分が大きかったのだ。

ライエンの中でモノの存在は日に日に大きくなっていた。

それゆえアッシュという謎の多い人物に、モノの姿を重ねてしまうのかもしれない。

ライエンとアッシュは隣のクラスだ。

だから彼は、窓から映る人物の姿を見てすぐに気付くことができた。

彼は何やら切羽詰まった様子で、廊下を駆けていた。

それを見たライエンの好奇心が疼く。

彼は気付けば手を挙げて、クラスの視線を集めていた。

「すみません先生、少しお腹《なか》の調子が」

「お、おお、そうか……保健室に行って、回復魔法をかけてもらうといい」

勇者であるライエンの機嫌を損ねぬよう通達でも行っているのだろう。

教師はおっかなびっくりな様子でライエンの行動を許す。

恐らくは彼が今まで真面目に授業を聞いてきたのも大きいのだろう。

まさか仮病を使っているとは思っても見ない様子だった。

ライエンは怪訝《けげん》そうな顔をしているイライザの方には視線を向けず、いかにも調子が悪そうな様子で教室を後にする。

そして皆から見えなくなった段階で全力でアッシュの後を追いかけた。

彼に気付かれぬよう、しっかりと視線が切れる遮蔽物《しゃへいぶつ》を使いながらの追走だ。

ライエンは無事に、ドアを開き中へと入っていくアッシュの背を見つけることに成功する。

「理科準備室……？　どうしてあんなところに」

庭側に回り、そうっと、黒いカーテン越しにライエンは中を覗《のぞ》く。

するとそこでは――。

「そろそろ言い訳も苦しくなってきたんじゃないのか、エリカ先生――いや、魔人エリカ」

「――っ!?　な、なんのことかしら……？」

「しらを切っても無駄だよ、証拠は挙がってる」

この魔法学院でも一、二を争う優秀さを誇るエリカ先生を詰めている、アッシュの姿があった。

彼の言葉を聞き、驚いたのはライエンである。

(エリカ先生が――魔人だって!?)

女教師のエリカのことは、もちろん知っている。

基本的に誰に対しても分け隔てなく接することで有名な、魔法学院の中でも有望な教師だ。

その胸部の豊満さからも、密《ひそ》かに彼女のことを狙っている男子生徒が多数いるという話だ。

生家は貴族ではないものの、商売を営んでいたはずだ。

その出自に後ろ暗いところがあるような人間ではない。

いったい何の間違いか――そう考えたライエンの思考に空白を生むのは、突如として発生した爆発だった。

ドゴオッ!!

窓ガラスが割れ、ライエンは思わず後ろにとびすさる。

なんらかの魔法がぶつかり合ったのだろう、大きな衝撃が室内をたわませているのが傍《はた》から見てわかった。

「ちいっ、バレちまったらしょうがないねっ！」

「まだ育ちきる前の魔人で助かったよ……下手に貸し作ったら、後が怖いし」

見ればエリカの頭には、先ほどまで見えていなかったはずの二本の角が生えていた。

そしてそのスカートの裾《すそ》からは、まるで生き物のように動いている黒い鞭《むち》のような尻尾《しっぽ》が生えている。

エリカはいつの間にか背負っていた剣を掴み、振り下ろす。

対しアッシュもまた、どこかに隠していたらしい剣を取り出してそれを受け止めた。

再び衝撃、そして両者は激突を繰り返す。

魔法が飛び、剣戟《けんげき》が鳴らす甲高い音が校舎に響……かない。

いっそ不気味に感じるほどに、校舎内は静けさを保っていた。

（こんな大事が起きているのに、いったい先生たちは何をやってるんだ！）

理科準備室は人通りの少ない研究棟にあるとはいえ、それでもある程度の人通りはある。

それに今は授業中だ、普通に考えれば音が気になり野次馬の一人や二人来たっておかしくはない。

けれど誰一人としてやってくる様子はない。

そもそも爆発に気付いた様子すらなかった。

これは明らかな異常だ。

なぜ音が聞こえない。

決まっている、何者かがこの事態にあらかじめ備え防音・遮音の風魔法を使っているからだ。

つまりこれはあらかじめ仕組まれた戦い。

絵図を誰が描いたかは、まったく想像はつかなかった。けれど目の前で起こっている戦いを前に逃げ出すことを、ライエンの真っ直《す》ぐな心根は許さない。

僕も加勢に——そう考えていたライエンが剣を鞘《さや》から抜くのを止めたのは、彼の視界の端にとあるものが映ったからだ。

「水魔法の弾丸《ウォーター・ブリット》」

真っ直ぐに、やや角度をつけて、またある時は弓なりの軌道で。

発射時の傾斜を変えることで複数の魔法を同時に着弾させて、最大火力を叩き込むその手法。

使う魔法こそ魔法の弾丸から属性魔法の弾丸へと変わっているものの。

その軌跡を、その奇跡を——ライエンが見間違えるはずがない。

「間違いない、あの魔法の弾丸は……モノの——」

ドゴオオオオンッ!!

ライエンの小さな小さな呟きは、校舎にヒビが入るほどの衝撃と爆発が打ち消した。

衝撃にライエンはかがみ込む。

そして万が一にもアッシュに見つかってしまわぬよう、急いで草木の中に身を隠した。

幸い彼が茂みに分け入ったガサガサという音は、着弾時の爆発音が掻き消してくれた。

「ほら、俺って陰ながら学院の平和を守らなくちゃいけない立場だからさ。ごめんね」

「フッ、私を殺しても無駄だ。第二第三の魔人が、まだこの学校に――」

「残念ながら、全員分の情報を掴んでるよ。お前らの魔人薬についても既に調べはついてる」

「なあっ――!?」

「だから安心して――逝けよ」

エリカの頭部を、一発の弾丸が射貫く。

右手で照準をつけて魔法を放ったその格好つけ具合や、傲岸不遜《ごうがんふそん》な物言い。

間違いなく、ライエンが知っている彼のものだった。

(やはりアッシュが――モノなんだね)

この時、ライエンはようやく確信を抱いたのだった。

長年探してきても見つからなかった、自分の宿敵が、アッシュその人であることを――。

時刻は午前十時過ぎ、休憩時間が終わり二限が始まろうかという時間。

ユークトヴァニア魔法学院の校舎横にある休憩スペースで、アッシュはいつものようにぼけーっとだらしない顔をして過ごしていた。

今は原っぱの上に寝転び、木陰で目を瞑っている。

時折射しこむ木漏れ日がうっとうしいので、顔には本を被《かぶ》せていた。

普段はめったに使わない学院の教科書の、まったくもって有効的な使い道だった。

(最近は小物の処理は終わってきた……あとはあの人をなんとかすれば、とりあえず学院内のスパイはなんとかできる。ライエンの詳細がバレさえしなければ、あとはなんとかなるだろ)

まどろんでいるアッシュは、ここ最近働き通しだった。

なんやかんやで結構仲良くなってしまったリンドバーグ辺境伯に言われるがまま、魔王軍関連の調査に駆り出されたり。

このままライエンの情報が抜かれすぎたらマズいと思い、校内にいる魔王軍側のスパイたちを、ストーリーの進行上問題がない範囲で潰していったり。

自分にしては働きすぎたと思っている。

正直なところ、シリウス・ブラックウィングを倒してからというもの、辺境伯が自分を見る目が真剣になりすぎてちょっと怖いのだ。

このままでは本当にシルキィと結婚させられてしまいそうな気さえしてしまうほどに。

無論、いやというわけではない。

あんなに綺麗な気だるげ美人とそういう関係になれるのなら、諸手を挙げて歓迎すべき事態だろう。

しかも辺境伯家の一員になれるわけだから、世間的に見れば超がつくほどの逆玉だ。

だがアッシュはリンドバーグ辺境伯から度々そのことについて言及されても「当人同士の気持ちが～」とか、「やっぱり身分の差が～」などと適当な理由をつけてはぐらかしてばかりいた。

その理由は――もちろんわかっている。

将来のことについて思いを馳《は》せる時、脳裏に浮かぶのは彼女の笑顔だった。

自分が愛して止まない推し、メルシィ＝ウィンド――結局あれ以降、話すことはなかったけれど、ウィンド公爵の寝返りは阻止できたのだろうか。

リンドバーグ辺境伯をそれとなく探っても問題なさそうな様子だったので、恐らく良い方向には転がっているとは思うのだが……。

ちなみにメルシィの方も何か思うところがあるからか、時折アッシュに話しかけたそうな顔をしている時はあった。

もちろんアッシュは、レベル上げとナターシャのシゴキによって極限まで高められた身体能力を遺憾なく発揮して、全力で逃げている。

アッシュは推しの認知とかよりも、推しの幸せを願うタイプのオタクなのだ。

（とりあえず、またしばらくは適当にどこかに遠出でもしようかな。使える魔法の数は、多いに越したことはないし）

アッシュとしては正直、ある程度色んなところからのほとぼりが冷めるまで、目立つような動きをしたくなかった。

幸い辺境伯が校長にオハナシをしてくれたおかげで、アッシュはいくらでも自由が利く立場にある。

さて、それなら次はどこに出掛けようか。

最近は依頼料なんかも増えてきて懐事情も大分《だいぶ》明るい。

折角なら奮発して、豪勢な宿でくつろいでから美味い飯に舌鼓を打とうかなぁ……などとのんきに考えていた。

だが暖かくなり始めた陽気とちょうどいい湿度が、アッシュのことを夢へと誘う。

今自分がまどろんでいるここが夢かうつつか、その境界も曖昧《あいまい》になってきた昼時のことだ。

「ファイアアロー！」

「――っ!?　魔法の連弾！」

いきなりやってきた、肌を突き刺すような殺気。

このままではやられると直感したアッシュは、即座に思考を戦闘モードに切り替えて迎撃の態勢を取った。

けれど相手の殺気は、その一瞬で霧散した。

目の前には一人の人物がおり、ジッとアッシュの方を見つめている。

マズった、と思った時には既に遅かった。

目の前の少年――ライエンの顔を見れば、もう何を言っても手遅れだと察するに余りあったのである。

「見つけたよ――モノ」

「人違いでは……？　あでで っ、痛ぇ、耳引っ張んなって！」

アッシュはしかめっ面をしてやり過ごそうとしたが、さすがに以前のようにはいかなかった。

こうして間抜けにもライエンに正体がばれてしまったアッシュは、観念して勇者様の後をついていくのだった――。


引きずられるように校舎裏へと連れてこられたアッシュを待っていたのは、ライエンによる質問攻めだった。

下手な抵抗は無駄だとばかりに、アッシュはさっさと白旗をあげる。

「……そうだよ、俺がモノだ」

「やっぱり……じゃあどうしてあの時、嘘をついたんだい？」

「は、そりゃだって……なぁ？」

「ふざけてるのか？　真面目に答えろ！」

これ以上自分と関わるせいで、ライエンを始めとするキャラたちや本来のストーリーにズレが生じては困るからだ……などという真面目な答えを返せるはずもない。

なのでアッシュはいつもの通りにのらりくらりと適当に受け答えを続ける。

ライエンはそれにしびれを切らしてアッシュに掴みかか――る前に、大きく深呼吸をしてその事態に陥るのを未然に防いだ。

「落ち着け、落ち着くんだライエン……モノがこういうやつだってことはわかってたはずだろ？　冷静になれ、気持ちを静めるんだ……」

「一応、モノじゃなくてアッシュが本当の名前だから」

訂正すると、ライエンはこくりと頷く。

どうやら既に頭はしっかりと冷えたらしく、その瞳には怜悧《れいり》さが戻っていた。

「――アッシュは今まで何をしてたんだ？」

「言えない」

「僕は君と戦ってからは、激動の日々だったよ。神託で勇者だなんて言われてからは、そりゃもうめまぐるしいほどに騒がしい毎日だ。おかげで今じゃあ、お偉いさんたちを見ればその名前も好きな物もわかるようになった」

ライエンが校舎を殴る。

ドッと音を鳴らして、校舎の壁が少しだけ抉れた。

しまった、後で弁償しなくっちゃ。

そう口にするライエンは、しかし自分がしでかしたことにそこまで悪びれる様子もなかった。

「お前も大変なんだな」

「ずいぶんと他人事だね」

「そりゃあ、実際他人のことだし。俺のことじゃないからな」

「僕の勇者としての力が覚醒したのは君のせいだ……と、言っても？」

「……」

それを言われると、アッシュとしても何も言い返せない。

ライエンの『勇者の心得』というユニークスキルを、本来より何年も早く開花させてしまったのは、間違いなくはっちゃけたアッシュがしでかしたことだった。

そのせいで色々な部分の歯車が狂い始めている。

最近で言えば、シリウス＝ブラックウィングを倒してしまったことなどもそうだ。

既にこの世界は、ゲームのものではない、この世界独自の道を歩み始めている。

アッシュにはある種確信めいた予感があった。

自分がしでかしてきたことのせいで、この世界は本来のｍ９の正史とは違ったエンディングを迎えることになるのではないか。

遅かれ早かれ、いずれはとんでもなく大きなズレが発生するはずだ――と。

アッシュが辺境伯に従い各地へ調査や工作に行くようになったのもそのためだ。

であるからこそ、ライエンに対する態度もまた変える必要がある。

たとえ自分が、師匠方の力を借りて魔王軍幹部を倒すことができたとはいっても。

それでもやはり自分は、お助けキャラのアッシュなのだ。

どれだけレベルを上げても、あくまで自分はお助けキャラでしかない。

世界を救うのは目の前の、このびっくりするくらい真面目で、鈍感で、そして人好きのするこのライエンなのだから。

「探した――本当に、探してたんだ。ずっとずっと、君のことを」

「……知ってるよ。お前が色々としてたことも」

「どうして教えてくれなかったんだ、どうして……」

こういう時、自分が主人公で相手がヒロインだったらまた話は違ったのだと思う。

けれど自分はあくまでもお助けキャラで、相手はヒロインではなく主人公だ。

だからアッシュは寄り添うのではなく、あえて突き放す。

――ある種の優しさとゆとりを持たせた上で。

「俺の方にも……色々あったんだよ」

「――わかっているさ、君が裏で色々と動いていることは」

ライエンに気付かれているとは思っていなかったアッシュは驚く。

エリカを倒した時にライエンがその場にいたことに気付いてはいなかったからだ。

ライエンはアッシュが何をしたかを、正確に知っているわけではない。

けれど彼が表に出たくない事情があり、あれ以外にも色々と裏で動き回っているという予想は簡単についた。

(そんな生き方は、あまりにも虚しいはずだ。誰にも賞賛されることなく、ただ裏方に徹して脅威を未然に防ぐ。僕にはそんな生き方はできない)

だからライエンはアッシュの生き方を尊敬する。

自分に真似ができないことをして、それでも平然としているアッシュ。

周りにバカにされてもそんなことは屁でもないと割り切り、自分の実力は隠し、粛々と自分に任された仕事をこなしていく。

その生き方は、ライエンが思い描いていた彼の未来の姿とは違ったが、不思議と両者は違和感なく一つの像に結ばれた。

「変わらない……すぐに姿を消した、あの時のままなんだね」

「そりゃそうだろ、三つ子の魂百まで。そう簡単に人間は変わらないさ」

「……なんだい、それ？」

「あー……今俺が作ったことわざだよ」

「……なんだい、それ」

一回目とは異なったニュアンスで放たれる言葉。

色々と考えて思い詰めかけていた自分が、解放されるようだった。

たしかに自分は、他の人たちにも負けぬほどの期待を背負っている。

それが重荷になっていないと言えば嘘だ。

だが今はそれが、不思議なほど軽く感じられた。

決して自分に言ってはくれないだろうけれど。

アッシュもまた、自分と同じ……いや、下手をすればそれ以上に色々なものを背負っているだろうと、思えたから。

二人はどちらからともなく笑い合う。

こうして二人の武闘会以降凍っていた時間が、解けてゆくのだった――。

けれど二人は、お互いのことに注視するばかりに気付いていなかった。

「なんてこと……やっぱり、アッシュさんは――」

――校舎の陰に隠れている、一人の少女が……アッシュが誰より恋い焦がれるあのメルシィ＝ウィンドがいたことに。


メルシィ＝ウィンドは授業が終わると速やかに魔法学院を後にすることにした。

考えても頭の中がまとまらなかった彼女の向かう先は、一人になることのできる自宅である。

「あらメルシィ様、ごきげんよう」

「シュット様、ごきげんよう」

急ぎ帰ろうとするメルシィだったが、自分と同じ貴族令嬢がいればすぐさま立ち止まって挨《あい》拶《さつ》を返す。

そしてドレスの端をちょんと摘まみながら略式の礼をする。

貴族の子女たるもの、どんな時であれスイッチのオンオフはできるようにならなければならない。

メルシィははしたなく思われない程度の早足で、帰りの廊下ですれ違う知り合いたちに折り目正しく礼をしながら学院を後にする。

そして校門前で待たせていた馬車に乗り、自宅へ戻る。

馬車の窓から知り合いの顔が見えた時には、はしたなくない程度に身を乗り出してから、ひらひらと手を振って挨拶をすることも忘れない。

（本当は歩いて帰りたいですけれど……さすがにそんなことをしては、お父様が悲しんでしまいますし）

魔法学院には貴族でも通えるような寮が存在しているが、家が近い人の場合は実家からの通学も許されている。

メルシィの場合は寮暮らしに密かな憧《あこが》れを持っていたが、残念なことに父は許可を出してはくれなかった。

メルシィの父であるウィンド公爵は、基本的には新しいものに対しては否定的な人間だ。

そのことが非常に悲しかったメルシィであったが、そんな感情を表に出してはいけないと常に自分を戒めている。

徹底した淑女教育を受けてきたメルシィは、人前で決して無様をさらさないのだ。

仰々しい白塗りの馬車で門を潜ると、その先に広がっているのは広々とした庭園だ。

ここ最近木々が動物の形に刈り揃えられているのは、メルシィが庭師に出した希望によるものだった。

メルシィはかわいいものが好きだ。

何度も目にすることになる庭園だからと、少しだけ無理を聞いてもらったのだ。

今回の形は、リスと鹿だった。

いくつかのバリエーションがあるが、今回のものはメルシィが好きなファンシーな仕上がりになっていた。

少しだけ上機嫌になりながら、馬車の中で軽く揺れる。

それを見る執事もどこか楽しげな様子だ。

けれどドアが再び開く時に、メルシィはまた氷の仮面を付ける。

貴族たるもの、相手に弱みを見せるようなことがあってはならないからだ。

屋敷に戻ると、今日は父であるウィンド公爵が帰ってきていた。

普段はいないのだが、どうやら何か用事があったらしい。

ウィンド公爵であるヘレイズは、相変わらず縦にも横にも広かった。

一時期は灸を据えられたショックからげっそりと骨と皮だけのミイラのようになっていたというのに、今ではすっかり元通りだ。

父に形式通りの挨拶をしてから、すぐに歩き出す。

メルシィは父のことが決して嫌いなわけではない。

けれどこのフェルナンド王国を裏切ろうとした事実はわだかまりとしてメルシィの心の中に残っている。

典型的な悪徳貴族のような見た目をしたウィンド公爵。

あまりにも貴族らしいその生き方は人によっては眉を顰《ひそ》める類《たぐい》のものだが、メルシィは彼が領民に対してだけは何より優しいことを知っている。

外と内との差が大きいだけの人なのだ。

だから誤解されやすいし、内側のことを大切にするためにあまりにも外のことをないがしろにしすぎてしまう。

長所でもあり欠点でもあるその部分が、メルシィは嫌いではなかった。

ただ実の父である公爵相手にも甘えた態度を見せることはなく、メルシィは広い屋敷を歩いていき、すれ違う使用人たちに頭を下げられながらようやっと自分の部屋へと辿り着く。

中へ入るとすぐにメイドに部屋の外で待つように伝える。

そしてそこからが……メルシィ＝ウィンドの、本当にプライベートな時間だ。

「ふうぅぅ～～～～～～～～～～～～～～～～～」

彼女はここでようやく、ウィンド公爵家の長女という立場から解放され、一人の女の子としてくつろぐことができるようになる。

今の彼女の脳内を埋め尽くすのは、幼少期と今の姿の重ならない、とある一人の人物について。

「アッシュさん――」

メルシィにとって、あの武闘会の日のことはそれはもう鮮烈な記憶として残っていた。

あの時のアッシュとライエンの全力の技のぶつかり合いは、目を瞑れば今でも思い出すことができる。

メルシィにはあの時ライエンを凌駕したアッシュと、今のアッシュがまったく重ならなかった。

今のアッシュと言えば、魔法学院では不良の代名詞のような存在だ。

授業をサボることなんか当たり前。

上の人間をなんとも思わぬ傲岸不遜な人間で、学校を無断欠席することも多い。

メルシィとしてもただ名前が同じだけの他人なのだと思っており、彼になんの処罰も与えない学院の教師陣たちに対して不信感を持っていたほどだ。

けれど二人が同一人物だというのなら、また話は変わってくる。

きっとアッシュがそれだけのことをしなければならない理由があるのだ——そう自然に考えてしまうほどに。

メルシィにとって、アッシュという存在はライバルや目指すべき目標といったものではまったくなく。

とてもではないが自分では追いつけないと思ってしまうような、一種の信仰の対象になっていたのだ。

「やっぱり一度、勇気を出して声をかけ……ううん！　やっぱりそんなことできない、恥ずかしい！」

メルシィはベッドにダイブをしてから、ゴロゴロゴロゴロと縦横無尽にベッドを転がる。

もしアッシュがその姿を見たら悶絶するであろう普通の女の子らしい一面を見せ、メルシィはグッと握りこぶしを作りながら起き上がった。

「いや……やるのよメルシィ！　勇気を出すの！」

こうしてメルシィは一人、アッシュとじっくりと話をしようという決意を固めるのだった。

メルシィを尊いと思い遠くで後方彼氏面をしているアッシュと、アッシュの戦っている姿を神格化しているメルシィ。

どっちもどっちな二人は、こうして入学してから三ヶ月近くが経ち、そろそろ夏休みが始まってしまうという段になって、ようやく顔を合わせて話をすることになるのだった――。


「あのっ、すみませんっ！」

やるのよメルシィ、ダメよできないというループを一週間ほど続け。

ようやっと三十三回目のチャレンジで、メルシィはアッシュに声をかけることができた。

それをされて驚いたのはアッシュの方だ。

今まで遠巻きに見て眺めているだけで満足していたメルシィのいきなりの登場に、驚かない方が難しい。

なんだか最近視線を感じるな……という感覚は、一度や二度と言わずに何度もあった。

けれどそれがまさか自分が思いを寄せるメルシィからのものだとは、まったく気付いていなかった。

たしかにメルシィのことを樹の上や木陰から横目に見ていた時、ふと視線が交差したかもしれないと思ったことはあった。

けれどそれは例えるなら、『今俺は○○ちゃんと目が合った！　○○ちゃんが俺を見ている！　○○ちゃんが俺を見ている！』と叫ぶ厄介オタクのようなものだとばかり思っていた。視線が合っていると思っているのは当人だけという悲しいパターンだと考えていたので、まさか本当に見られているとは考えもしなかったのだ。

声をかけられたアッシュの方は目を白黒させているが、メルシィは緊張していてそのことに気付かない。

「ごきげんよう、アッシュさん……で間違いありませんわよね？」

「どっ、どどどどどどどどどどうも」

怒濤の勢いでどを連発するアッシュの様子は明らかに常軌を逸していたが、メルシィも内心がパニックになっているのでどちらも似たり寄ったりだ。

けれど内心が顔に出やすいアッシュとは違い、メルシィの方は心中が面に出ない。

「アッシュさん、よければお話がしたいのですけれど」

「ぼ、ぼぼ僕で良ければっ！」

アッシュの許可がもらえたので、メルシィは魔法学院の近くにある喫茶店を脳内でいくつかリストアップすることにした。

（虎茶……が一番行きたいけど、あそこは会員制だから知り合いに会員がいない私だとまだ入

れないし……メイリィ飯店あたりにしとこうかな)

二人が向かったのは、異国情緒溢れる喫茶店であった。

中にいるウェイトレスはチャイナドレスを着ていて、見事に皆かなり深めのスリットが入っている。

けれど下品に思えないのは、彼女たちのキビキビと動く様子からそのプロフェッショナルな部分が覗けるからだろう。

メルシィはウーロン茶を、アッシュはとりあえず点心を何種類か頼む。

(な、なんでメルシィが俺をっ⁉)

アッシュの内心はパニックだった。

自分が何かをしたのか。

いや、した。めっちゃした。

でもメルシィはなんのために。

いやそもそもメルシィはどこまで自分のことを知って……。

色々な考えが頭を過っては消えていく。

「アッシュさんはあのアッシュさんで、モノ……ということで、間違いありませんわよね？」

なるほど、俺の正体がバレたのか。

アッシュとしては自分がどこまで権力に食い込んでいるかとか、自分がどこまで色々なものを知っているのかといった方向で考えていたので、ホッと安堵《あんど》の息を吐く。

そもそもメルシィには、自分から自発的に名前を教えている。

アッシュがあの武闘界で優勝をしたアッシュと同一人物であると類推できても、まったくおかしなことではない。

「はい、そうですよ。俺はあの時のモノです」

バレているのであればしらを切る必要はない。

それにメルシィを相手にして嘘をつきたくもなかった。

アッシュの答えを聞いて、メルシィが露骨にホッとした顔をする。

どうやら彼女にとっては、アッシュがモノだったのかどうかがよほど重要ごとだったらしい。

「私、モ……アッシュさんのことを探しておりましたの。けどアッシュという名前の人間は、王国中にごまんといます。何度かあなたかもしれないと探りを入れては失敗する……ということを繰り返すうちに、もう会えないものだとばかり思っていましたの……」

そう言ってメルシィは瞳を潤ませる。

その様子に焦るのはアッシュの方だ。

まさかメルシィがそこまでして自分を探してくれていたなどとは考えてもみなかった。

ぺこぺこと謝るアッシュを見て、メルシィは泣き笑い。

アッシュが緊張しながら点心を思い切り頬張り、中から飛び出してくるアツアツの肉汁の温度にも気付けぬほどに恐縮している様子を見ているうちに、メルシィの表情は笑みへと変わった。

そして彼女は一度笑い止んでから――ゆっくりと、綺麗にお辞儀《じぎ》をする。

「アッシュさん、ありがとうございます。あなたのおかげでウィンド公爵家は――王国を裏切らずに済みました。あなたは私の――命の恩人です」

「お、恩人って……」

アッシュは視線をあちこちにさまよわせながら、呟く。

目の前に座っているメルシィのことを直視することなどできなかった。

そんなことをすればあまりの尊さに、頭が爆発してしまいかねない。

というか既に頭の中は沸騰しかけていて、自分が何を話しているのかもわからない状態だった。

脊髄反射で言葉を返しながら、アッシュは脳の中にわずかに残っている部分で思考を回す。

どうやらメルシィの父であるウィンド公爵は、王国を裏切らずに済んだらしい。

これはアッシュからすれば朗報である。

というかこれでようやく、メルシィについて長いこと持っていた懸念点が解消された形だ。

メルシィは本来のｍ９のゲーム内の正史において、悪役令嬢として退場する運命にあった女の子だ。

メルシィ＝ウィンドは学院の中で強力な派閥を持つ、権力者の娘であり公爵家の嫡子。

いかにも貴族的な言動をすることも多く、常に多くの生徒たちから反感を買っていた。

貴族としての爵位は低くとも魔法の才能を頼りに学院へと入ってきた学院生たちにとって、メルシィはうっとうしい存在だったのだ。

そしてある日、彼女の権威の源泉であった父の公爵は、隣国との密通を疑われる。

王国の監査が入って詳しい調査をしたところ……結果はクロだった。

実際に隣国に武器の横流しをしていたり、王国内の機密情報を渡していたことが発覚したウィンド公爵は追い詰められる。

そして公爵位を剥奪され、その領地は天領（国王が持つ王国領のことだ）として接収される形になった。

ウィンド公爵は国外への面子上男爵家として家名だけは残ることになったが、領地も財産もその全てを没収されることになる。

メルシィは高い学院の通学費を払うことができず、家のことで忙しくなったために一時退学もしくは休学。

そして後にしかるべきタイミングで、新たな特待生枠として復学することになる。

だがそこから先に起こるのは、今までヘイトを溜めに溜めてきたメルシィへの報復祭りである。

今までは他人に対して居丈高に命令をしていたメルシィは周囲の人間たちからいじめられるようになり、最後には逆に他の生徒たちのパシリのような扱いを受けるようになる。

ちなみにそれを見ていた時の前世のアッシュの反応は、

『ぷっ、悪役令嬢都落ちざまあ！』

といった感じだった。

最初は誰もがメルシィが落ちぶれていく様を見て溜飲を下げるのだ。

そしてｍ９にハマり深く掘り下げていくうちに、メルシィの素顔に気付く。

『え、実はこの子ってこんな素顔だったの？　めっちゃかわいいじゃん』

最初は憎いキャラだった分、印象は一気に反転。

アッシュを始めとするプレイヤーたちは、メルシィが実は家の都合で高飛車な令嬢を演じなければいけない、なんちゃって悪役令嬢であることに気付く。

そうなったら二周目以降のプレイの意味も変わってくる。

都落ちざまあｗと思っていたメルシィの凋落《ちょうらく》を示すイベントは、いたいけな彼女をその内心も理解しないで皆がいじめ出す地獄と化す。

最初とは打って変わり、ああそんなことをしないでくれと画面前で身体をくねらせること必至。

何も悪いことをしていないのにどんどんと辛そうになっていくメルシィを見て、今すぐこの画面に飛び込んで学園へメルシィを救いに行きたいと思っていたアッシュからしてみれば、原作通りに公爵家が裏切るのを避けるために手を打つのは当然のことだった。

どうやら結果として今、公爵家は蝙蝠《こうもり》となり、王国へ情報を渡す二重スパイのような役目を背負うことになったらしい。

あまり能力の高くない公爵にそこまでの腹芸が可能なのかはわからないが、ひとまず惨劇回避には成功したと見てよさそうだった。

メルシィ本人から情報を聞けて、アッシュとしては大満足である。

（にしてもやっぱり……かわいいな。こう現実として目の前にいると、テレビで見てたアイドルなんかとは比べものにならないぞ）

真っ直ぐメルシィを直視することは憚《はばか》られたので、ちらちらと横目に覗く感じで彼女の姿を見るアッシュ。

普段は遠巻きに見ているだけの存在が、こうして机越しのわずかな距離にいると、逆に戸惑ってしまい何もできる気がしない。

メルシィが身じろぎをした時にふわりと匂う香水の香りも、アッシュの思考の鈍化に拍車をかけた。

なんだかよくわからない挙動不審な言動をしているアッシュを見たメルシィの方も、戸惑っていた。

（いったいアッシュさんはどうして、こんなことになっているんだろう）

ライエンと戦っていた時のあの勇壮な姿や、教師相手にも物怖じせずに発言をしていた後ろ姿を時折見ていた彼女からすれば、今のアッシュの様子は変という他になかった。

（あの時はあんなに格好よかったのに……今はまるで、別人みたい）

アッシュという届かない、憧れに似た存在を見たことで、メルシィは以前よりずっと謙虚になっている。

なのでアッシュの様子を見てもそれをバカにしたり、庶民らしく礼儀がなっていないなどと否定することはしなかった。

「やっぱりアッシュさんは……変な人ですね」

「そ、そそうでしょうか？」

どもり気味なアッシュの様子に、クスッと笑う。

ちらっと視界に入ったその笑顔に、アッシュは釘《くぎ》付けになった。

もっとその笑みを、見せてほしい。

アッシュは無意識のうちに、そう呟いてしまっていた。

「なっ……なななななっ、それは、どういう……」

それを聞いて焦るのはメルシィの方だ。

彼女は既に社交デビューはしているが、公爵家の嫡子相手に本気でアプローチをかけてくるような命知らずはいなかった。

気付けばアッシュに負けないほどに、メルシィの方も赤面してしまっている。

何かマズいことを言ってしまったかと思うが、アッシュは既に思考が半分トんでしまっているので、自分が何を言ったのかもよくわかっていないというポンコツぶりだ。

「……」

「……」

どちらかが話の口火を切ることもなく、時間が流れていく。

給仕の人がおかわりのお茶を注ぐインターバルがあったが、それが終わっても特に何かが変わることはなく、沈黙が続いた。

けれどその静けさが、不思議と心地よかった。

何かを話さなければいけないという焦燥感に囚《とら》われることもなく。

同じ場所で同じ時間を共有できているという感覚が、悪くはなかった。

「……ぷっ」

「ふふふ」

どちらからともなく笑い出す。

相変わらず目を見て話すことはできなかったけれど。

アッシュにとってきっとこの時この瞬間、メルシィは自分の推しである偶像から、一人の女の子に変わり。

同様にメルシィも、アッシュが決して完全無欠の男の子ではないことを知った。

この一件を通し二人は、ふとすれ違う時に会釈や軽い会話ができるような間柄になった。

その遅々とした歩みは傍から見るとあまりにもスローペースだったが……アッシュ的にはこれでも大満足だった。

こうしてアッシュはメルシィと話をするという新たな目的ができたので、以前よりも学校に通う頻度が増えた。

アッシュという男は、まことに現金なやつなのである――。

第四章　不穏な影と気まぐれな猫

アッシュの行動範囲は増え、自由裁量も大きくなってきた。

そしてとうとう、レベルも45を超えた。

これはアッシュが当初、転生してからさほど時間が経っていない時に想定していたレベル——魔物たちの王都襲来イベントの際にやってくる魔王軍幹部の討伐推奨レベルを既に超えている。

（恐らく今の力があれば、ヴェッヒャーを倒して、負けイベントを覆すことができる……はずだ）

レベル40を超えてもシリウスを相手に苦戦したのは、単純に相性が悪かったからだ。

アッシュの強みは剣技と魔法の弾丸、そして極大魔法とそれを掛け合わせることによって生み出すことのできる必殺技。

大量の魔物を召喚するシリウス・ブラックウィングをシルキィとナターシャと共に相手にするというのは、彼からすると少し条件が悪かったのだ。

アッシュは魔法の弾丸シリーズと中級魔法、そして極大魔法を使いこなすことができる。

だがレベルの上昇に伴い、極大魔法の威力と効果範囲も上がっている。

もし誰かと共闘した時に使えば、確実に味方を巻き込んでしまうほどに。

アッシュは使える力のバリエーション的に、一対一、もしくは一対多の戦いが一番力を発揮できるのである。

（あるいは、自分が巻き込んでも気にしないような奴との共闘……とかな）

脳裏に一人の少年の姿が浮かんだが、すぐにそれを掻き消す。

アッシュ単体であっても、シリウスを相手にギリギリ勝つことはできていたはずだ。

あれは本来であればもっと後、ｍ９のストーリーの後半で戦うことになるボスキャラだ。

シリウスとも戦える力があるのだから、最初期に出てくるボス（しかも負傷中）を相手に苦戦する道理はない、はずなのだが……。

（……不安だ）

ことは自分の運命に関わること、用意をしすぎるということはない。

アッシュは一切の手抜かりなく、残された時間をしっかりと己の強化に充てることにした。

レベルは十分、現在の狩り場ではもうほとんどレベルが上がらなくなっている。

魔法も属性魔法の弾丸を揃えたことで、一通りは満足できるようになった。

剣技の方は――ナターシャの教えはあるが、まだまだ半人前。どうしてもステータス頼りになりがちだ。

であれば今鍛えるべきは剣技。

そしてこの世界にはレベルアップ以外にもう一つ、一気に強くなることのできる手段が存在している。

それが――。

「巻物《スクロール》――まだあるといいんだが」

そう、スキルを獲得することのできる巻物である。

アッシュはレベルアップと魔法の習得が一段落したところで、更なるパワーアップのために巻物集めに勤しむことにした。

巻物はフェルナンド王国全土に散らばっており、収集には困難が予想される。

そして既に時節は秋も過ぎ冬に差し掛かろうとしている。

ダンジョンに潜るまでに残された時間は、マリア校長から無理矢理聞き出したところによるとあと半年もない。

アッシュは急ぎ、王国中を駆け回り自分に必要な巻物を集めることにした。

彼がまず手に入れようと向かった先は――メルシィの父であるヘレイズが治めているウィンド公爵領は南方にあるダンジョンである。

ダンジョンと探索エリアは似て非なるものだ。

簡単に言えばダンジョンは魔物がリポップ、つまりは自動で湧《わ》いてくる場所。そして探索エリアはそうでない場所と言っていい。

ダンジョンは古代の技術で作られており、現代の魔法技術で再現することは難しい。

そしてダンジョンは古代人の手が入っているために、時折現れるワープホールや隠されている秘密の部屋の先へと進むことで、巻物を入手することができる。

アッシュが目指すことになるダンジョンは、サシサエ雲海という場所だ。

ここは攻略難易度はさほど高くないのだが、少し変わっている。

このダンジョンは階層が一つしかなく、大きな大きな空になっている。

進もうとする冒険者たちは雲に備え付けられている石段を上りながら、えっちらおっちらと進んでいくのだ。

アッシュは近寄ってくる雲型の魔物を鎧袖一触に倒していきながら、雲を上っていく。

そして目的の場所へやってきた。

そこは段の続いていない、一見すると行き止まりにしか見えない雲の途切れた場所。

けれどそこに見えない通路が続いていることを、アッシュだけが知っている。

「ファイアボール！」

魔法を打ち込んでいくと、一箇所だけ明らかに魔法を弾いた箇所がある。

アッシュは魔法の弾丸で細かい位置を確認してから、持ってきた塗料をぶちまけた。

食紅の大半が雲の下へと落ちていき、そして残った部分が赤い道のりを指し示していく。

ごくり、とアッシュは生唾《なまつば》を飲みこんだ。

ゲーム知識でわかってはいるのだが……下を覗けば、やはり怖くなってくる。

そこに広がっているのは、晴れ晴れとした青空だ。

このダンジョンで雲から落ちた場合、それだけでゲームオーバーになってしまう。

大した敵も出ないために不人気であり、おかげで今の今まで巻物が回収されないでいる。

「やる……やるぞ。せっかくここまで頑張ってきたんだ、ヴェッヒャーなんかに殺されて、たまるかよっ！」
アッシュは勇気を持って――一歩を踏み出した。

そこは『翡翠の迷宮』という、王国北部に位置するダンジョンだ。

その最下層である第十四階層……の一つまえの第十三階層。

アッシュはそこにいるボスを倒した後に続く階段の道中で、謎の動きをしていた。

「ええっと、こっちに、こっち、ここでステップ……」

右側の壁に触れたかと思えば、左側の壁に触れる。

ジャンプして天井を殴れば、次に段差でステップを踏んで踊り出す。

ダンジョンで精神を磨り減らして頭がおかしくなってしまった……わけではない。

彼が全ての動作を終えると、ゴゴゴゴという低い音が地響きと共に鳴る。

そして新たな、魔力で作られた透明な階段が生まれた。

トントンッと軽快に階段を下っていけば、その先にあるのは――アッシュお目当ての巻物《スクロール》だった。

「これで四つ目の巻物……っと」

アッシュはグッと留め金を外し、端を掴んでグイッと広げる。

すると中身が見え、脳内にこの巻物に関する情報が流れ込んできた。

最初は頭が割れるように痛かったが、さすがに四回目にもなれば慣れてくる。

『王家の墓』で『偽装』を手に入れた時と比べればかわいいもんだと、アッシュは新たに手に入れた力を確かめることにした。

アッシュがサシサエ雲海をクリアしてから、更に二ヶ月ほどの月日が経っている。

あの日以降、一度やってやり方を習得したアッシュは、積極的に巻物を手に入れるために行動を起こすことにした。

この世界にはブライという、ひたすら巻物を手に入れて汎用スキルを覚えまくるキャラがいる。

彼に取られてしまう前に、戦いに必要なものはある程度揃えておく必要がある。

アッシュが急ぎ汎用スキルを手に入れた結果、今の彼が持つスキルは、

『偽装』『与ダメージ比例ＭＰ回復』『身体強化』『知力強化』

の四つとなった。

『与ダメージ比例ＭＰ回復』は、ダメージを与えればその量に応じてＭＰを回復することができるスキルだ。

なおこのスキルは魔法攻撃以外でもＭＰ回復を可能とするため、これで既に終盤までの回復魔法をコンプリートしているアッシュは、自分の精神力が保《も》つ限りはいくらでも戦い続けることができるようになった。

そして『身体強化』と『知力強化』はそのまま、見えないパラメータである各種能力値に固

定で数値を加算してくれるスキルである。

『身体強化』を覚えたことで、アッシュの動きは見違えてよくなった。

ナターシャにもすぐに指摘されるほどの変わりようだ。

『知力強化』の恩恵は未だそこまで感じてはいないが、魔法の威力の底上げと思えば決して悪くはないだろう。

現状のアッシュが使えるようになった魔法は、既に膨大な量に上っている。

フレイムアローにファイアアローと似たような魔法も数が多いため、アッシュ自身ですらどれがどれなのかよくわからなくなりつつある。

とりあえず経験値稼ぎに行ける場所には行っておこう、ついでに覚えられる魔法は覚えておこうと頑張った結果がこれである。

アッシュはほぼ全属性の全魔法に適性を持つ。

そしてアッシュのレベルアップに伴う各数値の上昇率はかなり高い。

それを実感できるようになったのは、つい最近になってからのことだった。

というのもアッシュはレベルを46まで上げてようやく、師匠たちと同程度の能力を手に入れて、ある程度戦えるようになってきたのである。

シルキィと魔法の打ち合いがある程度できるようになったり、ナターシャ相手にある程度剣戟を行うことができるようになったり……ようやく師匠たちの背中が見え始めたのだ。

恐らくは彼女たちも、ある程度レベルが上がりきってしまったということなのだろう。

レベルアップが鈍化してしまえば、後は個々人の技量を磨くことが肝要になってくる。

もっともアッシュは、そちらは未だ師匠たちに遠く及ばない。

なのでアッシュは、正攻法を止めた。

代わりに汎用スキルを獲得しまくって戦闘能力を底上げする。

まずアッシュが追い越そうとしているのはシルキィだった。

魔法は自分が生まれてからずっと親しんできた技術であり、剣と比べれば技量の差を他の領域で誤魔化せる部分も多いからだ。

巻物を集めたら、『風精霊の導き』を持つシルキィの風魔法に対抗するために新技の開発だ。

いずれは彼女の風精霊召喚を上回る魔法を作ってみせるぞ、とアッシュのやる気は十分だった。

「さてと、それじゃあ五個目の巻物を手に入れにこのまま――」

「きゃあああああっっ！」

悲鳴が聞こえてきたのは、上側の第十三階層の方からだった。

どうやらボスに手こずった冒険者が悲鳴をあげているらしい。

どうせ戻る時には、また相手をしなければならないのだ。

それなら助けてあげるべきと思い、アッシュは下がってきた階段を、今度は上っていくのだった――。

『翡翠の迷宮』はいわゆるコンセプト型と呼ばれるタイプのダンジョンであった。

翡翠とは古くから使われており、勾玉の原料などに使用されていた硬玉のことを差す。

『翡翠の迷宮』は宗教チックというか、どことなく日本の古代文化を彷彿《ほうふつ》とさせるような魔物が多い。

「カアッカアッ！」

上で人を襲っている魔物は、第十三階層のボスモンスターであるヤタガラスだった。

見た目はそのままその手に鏡を持っている三つ足の烏だ。

体色は紫で、うっすらと靄《もや》のようなものが立ち上っていて不気味な見た目をしている。

そこで戦っているのは、二人の人物だった。

「くっ――ダメよミミ、無茶なことを」

「で、でもやらにゃいとこのままじゃジリ貧にゃ。――行くにゃああああっ！」

（おいおい嘘だろ……ここでミミに遭遇するのかよっ！）

アッシュが我が目を疑った。

けれどそれは間違いなく、彼が知っているドジケモミミ少女のミミだった。

彼女が持つ固有スキル『キャットファイト』が発動している。

「にゃんこファイアボール！」

ミミが魔法を発動する。

ただの火の玉のはずのそれは――なぜか猫耳が生えた状態で生成された。

彼女の持つ固有スキル『キャットファイト』はシルキィやライエンと同じ複数の能力を併せ持つ強力な能力だ。

そのうちの一つが、今見せた魔法の猫化。

彼女が使う魔法はなぜか魔法の技名ににゃんこと付き、ＭＰ消費量はそのままに威力が上がり、そして……猫耳がつくのだ。

何を言っているかわからないかもしれないが、それは正常な感覚である。

ミミの固有スキルはその多彩さと強化率の高さからかなり強いはずなのだが、見た目がどうにもファンシーだったり彼女自身どこか天然なところがあるせいで、ネタ枠キャラとして扱われることが多かった。

ちなみにミミはいわゆるサブヒロインであり、個別ルートこそ存在するものの、扱いは決していいとは言えない。

クリアには二時間もかからず、スチルも二枚程度しかなく、感情移入できるほどの感動エピソードもない。

ミミと一緒にニャンニャン言ったり、マタタビを使って遊んでいたりしたら気付けばゲームクリアになっているという圧倒的な手抜き仕様。

攻略をするとシナリオ進行が止まり途中でクリアになってしまうタイプのキャラクターだった。

そのゲーム性が人気の要因だったｍ９においてミミが人気がなかったかと言うと、決してそんなことはない。

彼女の存在はｍ９プレイヤーにとっては一種の癒やしとなっており、ｍ９のネット掲示板ではにゃんにゃんという文字が散見される程度には皆から愛されるキャラクターだった。

だがミミは猫のように気まぐれで、彼女のルートに入るためには、世界のどこかにいる彼女へ何度も話しかけなければならない。

そしてミミが何の仕事をしているのかもわりとランダム要素に左右されるので、確率によっては彼女が花屋を始めてすぐに破産したり、鉱山で馬車馬のように働かされていたりすることもあって、本当に行動が読めないのだ。

当たり前だがアッシュもミミが何か目立つことをやっていないか、冒険者ギルドなどで聞き込みをしてアンテナを立ててはいた。

まったく情報が手に入らず、諦めるしかないか……と思っていたところに、突如として現れたヒロイン。

当たり前だが、アッシュがそれを助けない理由はない。

今のアッシュにとって、ヤタガラスなど大した魔物ではないからだ。

「――おいっ、助けはいるかっ!?」

アッシュは戦闘中のミミに聞こえるように、階段の下から大声で叫んだ。

ボスを倒した階段に入っている時に新たなボスへの挑戦者が現れた場合、既に攻略済みの人物はボスのいる部屋に戻ることができる。

けれど冒険者というのは基本的に誰かからの干渉を嫌う人間も多い。

獲物の横取りとも取られかねないために、積極的に誰かを助けようとする人間は決して多くはない。

「い……いるにゃっ！　たすけてほしいのにゃっ！」

ミミは猫のように気まぐれなので、意固地になって断られてしまう可能性もあった。

だがどうやら今回は当たりを引いたらしく一安心だ。

その声を聞くと同時、アッシュは一息に階段を飛び上がり、ミミたちが戦っているボス部屋へと辿り着いた。

「魔法の連弾、十連」

ヤタガラスの攻撃方法は基本的には単純だ。

嘴によるつつき攻撃、鏡による相手の攻撃の反射、そして火魔法による遠距離攻撃、この三つである。

中でも一番厄介なのは、やはり鏡による反射である。

けれどこれは、今のアッシュにとってまったく問題にはならない。

ズガガガガガッ！

攻撃を反射させようと鏡をキラリと輝かせたヤタガラスの全身に、アッシュの魔法の弾丸が風穴をあけていく。

ヤタガラスの攻撃反射には与ダメージによる反射限界が存在する。

既にレベルが46まで上がったアッシュの魔法の弾丸であれば、跳ね返すことができるのは一発が限度なのだ。

「魔法の弾丸」

自分の方に跳ね返ってきた弾丸に再度発動させた魔法の弾丸を合わせて相殺《そうさい》させると、九発の弾丸を受けたヤタガラスのＨＰが消滅しそのままバタリと倒れ込んだ。

「す、すご……」

「にゃ、にゃんという強さ……にゃあたちじゃ足下にも及ばなそうにゃ……」

どうやらパーティーを組んでいるらしい女の子と一緒に話をしているミミ。

目をキラキラと輝かせながら、アッシュの方をジッと見つめている。

イライザの時に一度手痛い失敗をしていたアッシュは、慎重になりながらも話しかけてみることにした。

ミミが今後どうなりそうなのかをあらかじめ知っておけば、彼女に襲いかかる悲劇を事前に払いのけておくことができる。

アッシュはヒロインたち全員の幸せを願ってやまない、ハッピーエンド至上主義者なのである。

アッシュはとりあえずミミたちをこのダンジョン、『翡翠の迷宮』の外へ連れていくことにした。

(ミミたちにこの狩り場はまだ少し早い。いくらスキルが強力だからって、ちょっとそれにあぐらをかきすぎだ)

先ほど戦闘を見たところ、ミミは片手で数えられる程度しか魔法を覚えていないようだった。

身体の動きから察するに、恐らくレベルは10にも満たないだろう。

好奇心が旺盛なミミが身の丈に合わない階層へと突っ込んでしまったのではないか、というのがアッシュの見立てだった。

「エクストラヒール」

「にゃ、にゃあ……回復魔法まで使えるにゃんて……」

道中ミミが足を怪我していることに気付いたので、回復魔法を使うと、ミミの瞳のキラキラ具合は明らかに増していた。

アッシュからすればただ痛くて見ていられなかったので怪我を治しただけなのだが……。

どうやらミミは、自分を助けてくれたアッシュに対してかなり強い恩義を感じているようだった。

アッシュはどうしてそんなに自分を見る目が輝いているのかわからなかった。

共に冒険へ出掛けるのが『風将』シルキィや『剣聖』ナターシャである彼は、世間一般の冒険者の常識から大分ズレている。

――見ず知らずの誰かのために回復魔法を使うことは、誰にでもできることではない。

ＭＰは無限に湧いてくるものではない。

ダンジョンなどといういつ魔物に襲われるかもわからない環境下で、誰かのために限りあるMPを使うことは、決して当たり前ではないのだ。

(この人はすごい人にゃ！　自分の力をしっかりと使いこなしているのにゃ！　しかもミミたちのことを、わざわざ戻ってきてまで助けてくれた！)

ミミの中でのアッシュへの好意は、先導しながら魔物を易々《やすやす》と処理していくその後ろ姿を見る度に募っていくのだった……。

『翡翠の迷宮』を抜けると、ミミの方から今回のお礼がしたいと食事に誘われた。

彼女が今何をしているのかは、たしかに気になるところだ。

アッシュはそれを快諾し、彼女の馴染《なじ》みの酒場に同行させてもらうことにした。

ちなみに。

「にゃあはミミっていうにゃ！　冒険者猫をやってるにゃ！」

「冒険者猫ってなんだよ……（素敵なお名前ですね）」

「本音と建て前が逆になってるにゃ!?」

「ちなみに俺の名前はアッシュだ」

「この人、もしかしてすごいマイペースにゃ!?」

ミミは元々ざっくばらんというか、屈折したキャラが多いm9の中では一、二を争うほどに裏表のないキャラである。

おかげでアッシュの方も気取らず、わりと素に近い感じで話すことができた。

話すことが好きなミミをおだてながら、彼女が今どんな風に過ごしているのかを聞いていく。

どうやらミミは先ほど言っていた通り、冒険者猫として生活をしているようだ。

冒険者猫がなんなのか完全に理解できたわけではないが、多分冒険者とそれほど変わりはしないだろう。

ちなみにミミと行動を共にしていた彼女は、同行していない。

どうやら今回だけの臨時パーティーだったらしい。

「とりあえずご飯にするにゃ、今日はミミのおごりだから好きなものを好きなだけ食べていいにゃ！」

「じゃあ果実水を一つに、オーク肉のステーキを一つ、焼き加減はミディアムレアで。それと野菜炒めを濃い味一つ、デザートはこの四つあるやつ全部一つずつで」

「こ、この恩人本当に容赦《ようしゃ》がないにゃっ!?　……ミミあんまりお金がないから、三品までにしてほしいにゃ」

もちろん冗談なので、アッシュは中で一番安かった野菜炒めだけを頼む。

そのまま頭を撫《な》でてやると、どうやら自分がからかわれていたらしいとわかったミミが、ふしゃーっと猫のような鳴き声を出しながら、髪の毛を逆立てている。

「にゃあ……」

だがどうやら撫でられるのは嫌いではないようで、気持ちよさそうに目を細めている。

こうやって見ていると、本当に猫のようだった。

ご飯を平らげ、そろそろ店を出ようかというところになって、ミミはアッシュの方を上目遣いで見つめてくる。

「アッシュさん……ミミのことを、鍛えてほしいにゃ」

「ん、いいぞ」

アッシュはあらかじめ、何を言われるか大体想像がついていた。

ミミのことは嫌いではないし、彼女の固有スキルはかなり強い。

彼女はスキルの使い方をしっかりと磨いていけば、ゆくゆくはアッシュより強くなるであろう、強キャラのうちの一人だからだ。

鍛えておいて、今後損になることはないだろう。

それにアッシュ自身、優先順位の高い巻物《スクロール》収集は済んでいるし、若干飽きもきていた。

アッシュの旅に同行してもらいがてら、彼女のことを鍛えていけばいいだろう。

まさか簡単にオッケーをもらえるとは思っていなかったミミが、目を白黒させている。

こうしてアッシュの巻物探しの旅には、新たな同行者がつくことになったのだった――。


「さて、それじゃあどこから行くかねぇ……」

「ミミもお供するにゃ！」

次の日、とりあえずしばらくはついてくるつもりらしいミミと合流してから、冒険者ギルドへとやってきたアッシュ。

二人は冒険者ギルドの受け付けにある依頼リストを眺めていた。

「こ、ここなんかオススメにゃ！」

「うんうん、考えとくから」

ミミはとりあえず海や湖の近くであったり、水棲モンスターが生息する地帯の魔物ばかりを見せてきた。

多分だが、魚が食べたいのだろう。

ミミの物欲しそうな顔は無視し、適当に受け流しながら、情報収集がてら依頼を見ていく。

本当なら依頼は完全に無視して巻物探しを進めてもいいのだがミミのレベルアップのことも考えておきたい。

ついでに言うのなら、何かイレギュラーが起こった場合についても考える必要がある。

ランダムイベントがいくつも起こるｍ９の世界では、些細《ささい》な兆候であっても見逃すわけにはいかないからだ。

目を皿のようにしてジイッと観察しながら、脳内の記憶と依頼を照合していくアッシュ。

そんな彼に――突如として、殺気が飛んでくる。

「――誰だっ!?」

叫びながら、思わず後ずさる。

そして既に頭の上に魔法の弾丸を滞空させ、発射態勢にしながら防御姿勢を取る。

そんなアッシュの後ろに立っていたのは――にこりともせずに無表情を貫く、一人の受付嬢だった。

「アッシュ様、ギルドマスターがあなたのことをお呼びです。話があるとのことですので、二階までお越しください」

アッシュは言われるがまま、執務室へと向かった。

ちなみにミミは下に置いてきている。

彼女は不服そうだったが、既に持っていた干し魚をあげたらすぐに機嫌が直った。

単純だなぁと思いながら微笑《ほほえ》ましい気持ちになって歩いていくと、辿り着いた先には一人の壮年の女性の姿があった。

「私はエレオノーラ、今はこのガースラーの街でギルドマスターをさせてもらっているわ」

ガースラーの街は比較的王都に近く、馬車で一週間もすれば通える距離に存在している。

街としての重要度もそこそこ高く、規模も王国で見れば上から数えた方が早いほどには栄えた街だ。

「あなたがリンドバーグ閣下の秘蔵っ子ね」

「……秘蔵っ子？」

どうやらアッシュは、気付けば完全にリンドバーグ辺境伯の手駒的な立ち位置にいる……ということらしい。

たしかに特別な任務を言い渡されているわけでもないし、リンドバーグ辺境伯の名を利用して割と好きなように動いていたりもするのだが、それはそれ。

自分が他人からどんな風に思われているのかを気にしなすぎたかもしれない。

(なんだか外堀を埋められているようでちょっと怖くなってきたけど……今更学院外での活動を止めるわけにもいかないしな。ミミも拾っちまったことだし)

ミミの戦力アップ、そして彼女を味方につけておくことは、今後のことを考えれば結構なプラスにはなるはず。

となれば下手に否定をして、活動に支障が出てもよくないだろう。

「まあそれはいいです。で、自分がギルマスに呼ばれた理由を教えてほしいのですが?」

「実は一つ、受けてほしい依頼があるのよ」

「聞きましょう」

ギルドマスター直々に頼まれる依頼となれば、無下に断るわけにもいかない。

彼女が口にしたのは、とある洞窟の調査依頼だった。

「ノームの洞穴で妙なことがあってね……調査隊として派遣した冒険者たちがそのまま帰ってこないのよ。異変が起こっているのは間違いないけど、下手に冒険者を出して被害が大きくなるのも嫌だし……」

気になったので詳しい話を聞いてみると、どうやら既にCランクの冒険者パーティーが二つほど消息を絶ってしまっているらしい。

ダンジョンに異変が起きる理由はいくつかある。

強力な魔物が突如として出現することもあるし、ダンジョンが造り替えられることで中にいる魔物たちが強化されてしまう場合もある。

そして大穴の中に国を追われた強力な犯罪者が居着いているといった可能性も考えられる。

ただなんにせよ、強力な敵との戦いになるのは間違いない。

ちょうどミミのレベルアップを手伝うために、強い相手を求めていたところだ。

「いいですよ、その代わり報酬は弾んでくださいね」

「それは……お手柔らかに頼むわね」

どうせなら立場を最大限利用してやろうと、リンドバーグ辺境伯の威光をちらつかせながら交渉をしたおかげで、望外にも思えるほどの報酬を約束してもらうことができた。

ホクホク顔で階段を降り、戻っていくアッシュに、声が届く。

「何するにゃっ！　ミミのことをバカにするのも、大概にしてほしいのにゃ！」

戻ったアッシュを出迎えたのは、ジロリと男のことを睨んでいるミミと、彼女のことをバカにした様子の男冒険者だった。

ミミはガルル……と唸っており、一触即発で今にも戦いが始まってしまいそうな勢いだった。

「おいおいどうしたんだよ、ミミ」

「こいつがミミのことをバカにしたにゃ！」

ビシッと指さす先には、腕を組んでふんぞり返っている男冒険者の姿があった。

体格はがっしりとしていて、いかにも荒事に向いていそうな雰囲気だ。

どうやら彼はリンゴルというらしい。

ギルドに女子供はいらねぇといういわゆるよくあるステレオタイプな冒険者らしかった。

「ガキはママのおっぱいでもしゃぶってな！　ギャハハハッ！」

「むむ……戦えばミミの方が強いのに、こいつ偉そうに……」

「なんだと、やるってのか!?」

ここで戦い出しそうな二人を見て、アッシュははぁとため息を吐く。

そして——一瞬でリンゴルの背後に移動し、その腕を押さえつける。

そして空いている手で首筋へ剣を突きつけた。

「な、速っ——!?」

「ギルド内での騒動は御法度だ。ミミの言動が気に障ったのなら謝るから、これ以上騒ぎを広げないでくれないか？」

「わ、わかった……」

よし、とアッシュはすぐにリンゴルから離れ踵を返す。

拘束から解放されたリンゴルが、腕をぷらぷらと揺らす。

アッシュに握られた部分だけが、紅葉のように真っ赤に変色していた。

「なんだよ、あいつ……」

「Cランク冒険者のリンゴルをああもあっさりと……」

気付けば周囲の視線がアッシュに向いていた。

どうやらあのリンゴルは、このギルドの中ではそこそこ腕の立つ人間だったらしい。

(同じランクの冒険者とやり合うのは初めてだったが……まったく問題なさそうだな)

アッシュは基本的に一人で依頼をこなすだけで、同業者との関わりらしい関わりはほとんどない。

なので腕試しがてら軽く一当てしてみたのだが……どうやらCランク冒険者程度なら、今のアッシュでも軽くあしらえるようだ。

今まではレベル上げに夢中になるばかりで、相手の魔物が冒険者ギルドでどのようなランク付けがされているかまでは考えていなかった。

冷静に考えてみれば、アッシュはAランクの魔物も普通に倒している。

ということは少なくとも今の自分は、Aランク相当の実力はあると考えて良さそうだ。

既に色々とやらかし、もう取り返しがつかない今となっては、目立つことにさしたる抵抗もない。

アッシュは皆から向けられる視線はさらりと受け流し、さっさと目的地へと向かい気持ちを切り替えることにした。

「ミミ、行くぞ。依頼をもらってきた」

「行くにゃ！」

「一応水棲の魔物も出るところだぞ」

「お魚にゃ――――っ！！！！！」

元気よく飛び出していくミミと、苦笑しながら歩き出すアッシュ。

その二人を見つめる冒険者たちは、ぽかんと口を開けて呆けていたのだった――。

「ここが『ノームの洞穴』か……」

『ノームの洞穴』は、洞穴型のダンジョンだ。

といってもダンジョンという不思議空間なので、進んでいくにつれ洞窟や洞穴的な構造だけではなく、草原エリアや火山エリアなども存在する。

だがそれらのエリアは早々に抜けていき、アッシュたちは第七階層へと辿り着くことができた。

「魚にゃあああああああっっ！」

ミミが小躍りしているその先に広がっているのは、どこまで続いているのかわからないほどに広い湖だった。

その水面を覗いてみれば、下には水棲の魔物たちが回遊している。

『ノームの洞穴』の第七階層にある湖岸エリア。わざわざ経由せずとも先に進めるためにただの行き止まりでしかないのだが、魚が食べたい魚が食べたいと連呼するミミに根負けし、アッシュが連れてきたのである。

（それに気ままなミミは、定期的に餌をやらないとレベル上げ自体やろうとしないだろう。とりあえず魚で釣ってレベル上げ、っていうのも悪くないだろう）

そう言えば水棲の魔物と戦うのは初めてだな……と思いつつ、アッシュはとりあえず湖に魔法を打ち込んでみることにした。

「魔法の連弾、三十連」

当たり前だが水の中にただ魔法の弾丸を撃ち込んだだけでは、水の抵抗に負けて大して進むことなく推進力を失ってしまう。

けれどそれはあくまで普通ならという話。

既にレベルも50に近付き圧倒的な知力を持つに至ったアッシュの魔法の弾丸は、容易く水を切り裂き、勢いを衰えさせることなく進んでいく。

水の中にいた魚型の魔物のリーガルフィッシュの肉体を貫通し、そのまま通り抜けていく。

水中を覗き見ているアッシュには、その様子がよく見えた。

「さ、魚が――っ!!」

魚が臓物を撒《ま》き散らしながら水の底に沈んでいくのを見たミミがあわあわしている。

彼女の視線の先では、死んだ魚が別の魚たちの餌《えさ》になっている食物連鎖のリアルが展開されていた。

取り乱しているミミを側で見ていたアッシュは、たしかにただ倒すだけだと魚は食べられないな、と冷静だった。

「火魔法の連弾、二連」

とりあえず今度は、火魔法の連弾のうちの一発目を魔物に、そして二発目を魔物の下に放った。

一発目の火魔法の弾丸が着弾し、爆発。

それに誘爆される形で、二発目の魔法の弾丸も爆発する。

このように少しだけ位置をずらして連続誘爆を狙うのも、アッシュが開発した技法の一つである。

これであれば相手に着弾しないと起こらない火魔法の弾丸による爆発を、相手に当てずとも起こすことができるようになる。

既に魔法の弾丸でも威力が過剰だったのだ。

一発目の火魔法の弾丸は着弾し、リーガルフィッシュの身体を爆発させた。

だが今回の狙いは二発目の火魔法の弾丸だ。

身体全ては無理であっても、この爆発力を利用すればリーガルフィッシュを陸に打ち上げることができるのではないかと考えたのだ。

だがやはりそんな簡単にうまくはいかなかった。

二発目の火魔法の弾丸は既に爆発した肉体を、千々《ちぢ》に弾き飛ばすだけだった。

ぺたん……と悲しい音をさせながら打ち上げられたのは、わずかに肉のついている鱗一枚だけだった。

「……」

「……にゃあああああああっっ！」

慟哭しながら涙を流すミミを見て落ち着きを取り戻しながら、アッシュは初めての経験に少しだけ心躍っていた。

強力な魔物と戦うことや巻物を集めることに時間を割いているせいで、実は今のアッシュに自由な時間はほとんどない。

怠惰を装っていてもかなり忙しい彼は、こういった遊べる場では全力で遊ぼうと心に決めているのだ。

（倒すまでは良くても、引き上げるのは簡単じゃない……それならとりあえず、魔物を陸に運ぶことを意識すればいいか？）

多分だが、水魔法を使って水流を操作して魚たちを打ち上げれば、魚を獲ること自体はできるだろう。

だがそれは最後の手段にしたかった。

アッシュが求めているのは創意工夫により魚をゲットする釣り的な楽しさであって、根こそぎいただくトロール漁的な結果は最初から求めていないのだ。

「そうだな、折角なら……遅延《ディレイ》の魔法を使ってみるか？」

「遅延……？」

魔法の弾丸を使うのなら、遅延も使えるようになっておいた方がいい。

以前幼少期にシルキィから受けたアドバイスを今になって思い出す。

一応遅延自体は、巻物獲得のためにいくつかのダンジョンを潜っているうちに、使用可能になってはいるのだ。

けれど今のアッシュは、この魔法を手に入れずに戦っていた期間が長いせいで、使わずともなんとかできるようになってしまっていた。

遅延は簡単に言えば、魔法を発動させた後に滞空させることができたり、速度を遅くしたりできるようになる魔法である。

――アッシュは今のところ、この魔法をほとんど使っていない。

魔法の弾丸に精通することで、こと魔法の弾丸に関しては既に遅延と似たようなことができるようになっているためだ。

魔法の弾丸を曲射で発射することで弾着のタイミングを遅らせたり。

発射時の軌道をズラすことで複数の弾丸を同時に着弾させることもできるようになっている。

そもそも魔法を滞空させる意味もあまりなく、ぶっちゃけあんまり使い道がないなぁと思っていた。

だがシルキィが言っていたことなのだから、遅延の魔法が自分に合っているのは間違いないのだろう。

であれば今一度この魔法についてしっかりと理解し、使い道を考えた方がいいかもしれない。

「魔法の連弾、五連、遅延」

アッシュが出した魔法の弾丸が、彼の頭上のあたりに出現する。

いつもなら出現と同時に発射されるのだが、遅延をかけているために今回は滞空したままになっている。

遅延できる時間は、使用するＭＰによって変動する。

今回は五秒に設定したので、使用ＭＰは１で済んだ。

「魔法の連弾、五連」

更に魔法の連弾を発動させる。

そして同時に放つ。

合わせて十発の弾丸が飛んでいく。

だが先ほど放ったものと比べるといささか精度に欠けており、半分の五発は見当違いの方向に進んでいた。

今回は水面に並行するように打ったので、弾丸はかなり奥の方まで進んでから、ぽちゃりと地面に潜っていく。

「ううむ、やっぱりこれ、使い道がわからないぞ……」

わざわざ遅延を使わずとも、魔法の連弾を十連で放てばいいだけのことだ。

遅延を使う分、余計にＭＰを使っているようにしか思えない。

そして遅延にはもう一つ欠点がある。

――遅延を発動させた段階で、魔法の描く軌道を決めておかなければいけないのだ。

先ほど魔法の連弾の最初の五発と後ろの五発で向かう方向がズレたのはそのためである。

やはり無駄な魔法な気しかしない。

アッシュの頭では利用方法を思いつくのにも限度がある。

というわけで同行者のミミにも話を聞いてみることにした。

「なぁミミ、この魔法ってどうやれば強く使えると思う？」

そしてその内容を聞いてみると、たしかにと思える部分があった。

「まず最初にその魔法を設置するって考え方があるにゃ」

遅延の魔法の効果を聞かされたミミは、少し悩んでからアドバイスをしてくれた。

「そうにゃあ……」

「設置？」

「置いておけるのなら、罠みたいな形で使うこともできるはずにゃ」

遅延の魔法は、いつでも発動できる魔法を空中で滞空させる魔法である。

遅延させる秒数は発動時に設定するのが普通だが、倍の魔力を消費してもいいのなら逐次MPを使う形で効果時間を引き延ばすこともできる。

アッシュは今まで効率的に魔法を使うために、秒数を事前に設定する形を取ることがほとんどだった。

だがたしかに考えてみれば、アッシュのMPは既に200を優に超えており、『与ダメージ比例MP回復』と戦闘中に自然回復するMPのことを考えれば、わりと潤沢に魔法を使うだけの余裕はある。

言われていた通り、遅延を置き型の罠として使ってみることにした。

（精度を気にしなくていいんなら、わざわざ魔法の弾丸を使う理由もない。別の魔法でも使ってみるか）

とりあえずエアカッターを発動させることに。

そして水の中の一定のポイントで滞空させた。

遅延は魔法の発動時にも発動中にも使うことができる。

今回は魔法の発動中に停止させ、罠のように使うことにした。

「次は誘い出すか」

ただリーガルフィッシュを狙うだけでは芸がない。

というわけで動きが速く、より深いところで泳いでいるため魔法の弾丸だけでは捉えられないパープルツナという魔物を狙うことにした。

その見た目は完全に紫色のマグロ。

けれど額には角が生えており、そのひれやえらのあたりからはすごい勢いで水が噴き出している。

食べたら美味《おい》しいのかどうかは、実際に食べて知ることにしよう。

そのちょっとグロテスクな見た目マグロを見ながら、魔法の弾丸を魚へと放つ。

魔法の弾丸は水の中を進んでいくにつれ減速していく。

当たれば一撃で木《こ》っ端《ぱ》微塵《みじん》になる威力はあるはずなのだが、高速で動くパープルツナはその攻撃を容易く避けてみせた。

「魔法の連弾、十連」

続いて一発一発の軌道を変えながら魔法の連弾を放つことで、擬似的な包囲網を作っていく。

再度魔法の連弾を放つことで、パープルツナの泳ぐ先をある程度絞ることに成功。

ブシュブシュブシュッ！

そして見事アッシュが遅延で設置しておいた場所へ飛び込んでいき、パープルツナは風の刃《やいば》で切り刻まれ……そして見事に沈んでいった。

「にゃああああああああぁぁっっ!!」

慟哭するミミを見て何故か安心する自分がいることに驚きつつ、アッシュは更に思考を発展させる。

ミミに魚を食べさせて先へ進むためにも、なんとかして魚を打ち上げなければならない。

(なんとか風魔法でこちらまで打ち上げてみるか)

恐らく空気を利用するからだろう、風系の魔法は攻撃距離が伸びると威力が大きく減衰する特徴がある。

その特徴を活かすため、しっかりと威力を下げてから遅延を発動。

再度パープルツナを追い込む。

やや威力が落ちた風魔法のウィンドバーストを食らったパープルツナは、ダメージを受け全身傷だらけになったが、陸に打ち上げられるまでの威力はなかった。

再度試していく中で、アッシュは遅延の魔法の更なる特性に気付いた。

それは遅延させることができる魔法が一つだけではないという点、そして同じ種類の魔法であればＭＰ使用量が変わらないという点である。

同じ魔法を使いさえすれば、たとえそれが何個であっても、同じＭＰ使用量で魔法を遅延させることができるのである。

現にアッシュがウィンドバーストを三つ遅延させたとしても、消費するＭＰの量は変わらなかった。

停止させるコストが高すぎるのがネックだと思っていて使わなかったが、このような使い方ができるのならトータルで見てＭＰ消費効率がいい戦闘方法を編み出すことも可能だろう。

そしてアッシュは練習を続け、遅延による魔法の連続攻撃や相手へ妨害や罠を仕掛けたりするやり方に習熟していく。

自分なりに満足のいく水準までいけたと思えた時、ついに……。

「にゃ……にゃあああああっ！　マグロ、マグロにゃっ！」

アッシュはウィンドバーストの連続起動により、パープルツナを切り刻むことなく、陸に打ち上げることに成功するのだった——。

「魚にゃっ！　魚にゃっ！」

と大喜びではしゃいでいるミミに好きなだけご飯を食べさせてやれば、お腹《なか》を風船のようにパンパンに膨らませた彼女はすぐに眠ってしまった。

なんとも欲求に正直な生き方だ。

自分の死の運命をねじ曲げるために努力を続けたアッシュは、我欲を押し殺して生きてきたと言っていい。

もちろん今の強さがあるのも、メルシィに会うことができたのもこれまでの自分があったからこそ。

ストイックに生きてきた己の人生を否定する気はないが、ミミのことを少し羨ましく感じる自分もいた。

(そう言えばヴェッヒャーを倒した後のことは考えていなかったな……)

m9で自分を殺すことになるヴェッヒャーを倒すことで頭がいっぱいになっているアッシュ。

現状彼は自分のことに手一杯なせいで、他のキャラクターたちのことまで手を回すことができないでいる。

ただ、今はゲーム世界で言えば、開始されてから半年ちょっとしか経っていない。

キャラへの分岐やエンドの種類が決まる主要なイベントが来るのは、幸い自分が死の運命と直面してからだ。

死んだら元も子もないので、今までは意識的に考えないようにしてきた。

(もう少しくらいは自分のことを大切にしてもいいのかもしれないな)

アッシュは思考を一区切りして、立ち上がる。

湖を見つめ、周囲の人影がないかを確認。

幸いいるのは、ぐっすりと眠っているミミだけだった。

よかった。

これであれば――さっき練習をしている最中に頭に浮かんだ思いつきを、試すことができる。

「一つ――アイデアが思いついた」

魔法の同時起動は、本来のｍ９にはない要素である。

アッシュはランニングをしながら魔法を使ったりといった感じで何かをしながら魔法を使うことをできるようにして、そこから魔法を使いながら魔法を使うことへステップアップする形で、この技術を手に入れた。

だが同時に制御ができる魔法の数は、二つが限度だった。

けれど、ここに遅延で滞留させた魔法を使うことができるなら――。

「やれるかもしれない……今までは不可能だった、極大魔法の三重起動が」

アッシュの魔力が爆発的に高まり、そして――。

「ん、むぅ……なんにゃ、もう朝……？」

手で顔をくしくしとしながら意識を覚醒させるミミ。

彼女は起き上がり、ぐぐっと伸びをした。

そして彼女は……。

「な、なんにゃああああああああああっっ！」

彼女は気付いてしまった。

ついさっきまでなみなみと水が満ち、お魚さんたちが回遊していた湖が……その形を大きく変えてしまっていることに。

それはもう、湖ではなかった。

そこにあるのは、抉《えぐ》られたような底を見せている巨大なクレーターだ。

水は干上がり、ピチピチと魚が地面の上を跳ねている。

そしてわずかに残る水だけが、かつてそこに湖があったことを示していた。

「さ、魚が……って、そうじゃないにゃ！」

目の前の魚に目が奪われそうになるミミだったが、さすがにこの現象への興味の方が勝った。

ダンジョンの中の環境を変えてしまう何か。

その原因として思い当たる人物を、ミミは一人しか知らなかった。

くるりと後ろを振り返る。

そこには──満足げな表情で笑っているアッシュの姿があったのだった……。

「さて、それじゃあそろそろこのダンジョンで起こってるらしい異変の元凶を潰しに行くとするか」

「はいにゃっ！」

アッシュが事前に湖で訓練をしようと決めたのには、無論理由がある。

ヴェッヒャー討伐のための自己鍛錬……だけではない。

彼はわずかな違和感を覚えていた。

原作知識だけでは、現在起こっている冒険者たちの行方不明事件に理由がつけられないからだ。

（でもこの『ノームの洞穴』で起こる異変って言われてもな……）

通常、ダンジョンで起こるランダムイベントはそれほど多くない。

魔王軍幹部であるシリウス・ブラックウィングのゲートによるダンジョン間移動や、ミミなどを始めとした居場所がコロコロ変わるキャラとのランダム接触イベントがある程度。

ある程度ストーリーが進行すれば、魔王による魔物の強化がされる。

それによって魔物が凶悪化しダンジョンからの帰還者が減る、というのならまだ納得できるが……。

（それにしてはタイミングが早すぎる。ライエンの神託が一年早まったとはいえ、魔物の凶悪化によって生じることになる王都防衛戦が始まるのはまだまだ先の話だ）

エンカウントすれば自動で戦闘に入る『武神』や『辻斬り』がいたのならまた話は変わってくるが、王国の中でも規模の小さなこのダンジョンに彼らが来るはずもない。

本来のｍ９であれば起こりえないイベント。

となると異変は、原作知識では説明のつかない理由に拠っているはずだ。

（まあなんにせよ……先に進むだけだ）

アッシュは遅延の魔法の習熟に努めながら、鎧袖一触で魔物を屠《ほふ》っていくのだった――。

アッシュたちは進んでいく。

彼らが最奥に存在するボスを倒した時も、異変の原因を発見することはできなかった。

「何もなかったな」

「何もないならそれが一番にゃ！」

だがそれだと冒険者たちが消息を絶った理由が説明できない。

アッシュはボス部屋にいたボスを屠ってから、よく周囲を観察することにした。

「ん……？」

頭の片隅に生じた違和感、そして突如感じる殺気。

アッシュは思い切り後ろに飛びながら、殺気の方向へ魔法の弾丸を放つ。

「ぐああああっ!?」

アッシュの魔法の弾丸の威力は、既に一般人のそれではない。

『ノームの洞穴』のボスすら一発で沈めた彼の魔法の弾丸は、襲撃者の胸に吸い込まれるように飛んでいく。

だが……。

「耐えたのか……意外にタフだな」

「ぐっ、なんだ、こいつは……」

目の前にいる男は、アッシュの一撃を食らっても未だ倒れずにいる。

ダメージは食らっているようだが、問題なく動けているようだ。

「シッ！」

「――ぐうっ!?」

近づき、一閃。

今度も防がれた。

剣圧で浅い傷はできたが、相手はこちらの攻撃をしっかりと受け止めてみせる。

どうやら近接戦闘能力もなかなか高いらしい。

（見たことのないキャラだ。だがモブにしてはちょっと強すぎるな……こいつは一体、何者だ？）

二撃目はいれず、一旦距離を取る。

そしてはぁはぁと荒い息を吐く目の前の男を観察した。

髪の色は緑、そして着ているのは黒のコート。

目には眼帯をしており、その手には黒塗りの長剣を持っている。

コートがひらりと翻った時、腰のベルトに短剣がずらりと並んでいるのが見えた。

特徴的な見た目をしているが、ｍ９には間違いなく出てこなかったキャラクターだ。

モブでもこんなキャラを見た記憶がない。

見た目とその雰囲気からも、明らかに薄暗いものを感じる。

暗殺者の類だろうか。

だがそれなら一体、誰を殺しに来たというのだろう。

「お前、何者だ？」

「……」

「黙秘、か……なら直接、身体に聞いてやる」

アッシュは即座に後ろに回った。

そしてそのまま男の腕をひねり上げ、地面に倒す。

その腕を背中に回し、自重を乗せて骨をへし折る。

「ぐああああああっ！」

「何故このダンジョンで人殺しを？」

「ぐ……言うわけないだろうがっ！」

アッシュに拷問の心得はない。

けれどいい乱数を引き当てランダムイベントを望み通りに引き出すための労力を惜しまない廃ゲーマーは、心の折り方はよく熟知していた。

回復魔法を使って治しては、再度折る。

方向を変えて、場所を変えて、敢えて間違った接合をして。

何度も骨を折っていく。

やっているうちにリズムゲームのように思えてきて、アッシュはテンポ良く骨を折っては治していく。

「こ、こいつ、笑ってやがる……っ！　クソッ、こんな奴に手を出すんじゃなかった！」

最初は威勢の良かった男も、さすがに全身の骨をくまなく折られては治されるということを続けるうちに、その声は小さくなっていく。

そして最終的には……。

「ゆ、許してくれ、なんでも話すからっ！」

心が折れ、アッシュに事情を説明するのだった――。


「なるほど、帝国の人間か……」

アッシュが慣れない尋問に手を染めて根掘り葉掘り聞いてみた結果、相手は帝国の人間であることがわかった。

帝国――ルバイト帝国とは、フェルナンド王国の隣にある国である。

元々は小国家の連合国だった地域を、ルバイト帝国初代皇帝がざざっと飲み込んだことで、王国と国力を伍するだけの力を手に入れた新興の大国だ。

「m９だと帝国のユニットは、普通に友軍扱いだったんだけどな……」

他国であるため、基本的にm９の主人公であるライエンが帝国へ入るシナリオはない。

物語の終盤である魔王城襲撃イベントの際に魔物を引き受けてもらったり、友軍ユニットとして何人かの強力な魔法使いたちを派遣してもらえるくらいの知識しかない。

魔物の被害から民を守るため、両国は手を取り合っているものだとばかり思っていたが……どうやら水面下では、お互い色々ときな臭い動きをしているようだった。

アッシュが倒した暗殺者は、基本的には王国の優秀な人材の抹消、もしくは将来有望そうな人間の誘拐を命じられていたらしい。

地上にも連絡員や彼の息の掛かった商人などがいるらしく、やっていた悪行は巧妙に隠蔽《いんぺい》されていた。

ミミのようなランダムで遭遇するキャラは、稀にどれだけ探しても出会えないという事案が発生することがあった。

もしかするとそういったイレギュラーの原因は、襲撃者たちのように帝国の息の掛かった者たちの仕業だったのかもしれない。

「だがまあ、なんにせよこれでギルマスが探してた冒険者失踪の原因は掴んだ。こいつの話によれば誘拐された人間も何人かいたらしいし……今から急げば、まだ助けられるかもしれないぞ」

「にゃっ！　ミミの『キャットファイト』が火を噴くにゃ！」

（……そういえば俺の魔法の習熟に時間をかけすぎたせいで、ミミの育成を完全に忘れてた。とりあえず依頼を終わらせてから、レベリングを手伝うことにしよう……）

自由気ままにダンジョン内をふらふらと移動するミミに、苦心しながらレベル上げをさせるのは、正直しんどい。

けれどこうしてキャラたちの失踪の原因の一端《いったん》を知ってしまった身としては、ミミをなんとしても育て上げなければならないだろう。

アッシュは楽しそうに歩くミミの後ろ姿を見ながら、そんな風に思うのだった……。

結果的に言えば、ミミの『キャットファイト』は火を噴いた。

地上に上がってから行ったギルドマスターへの報告、そしてそこから騎士団と協力しながら行われることになった、帝国の息の掛かった者たちへの大々的な掃討作戦。

結果として、まったく想定もしていなかったことに、アッシュの名が王国の武人たちに密かに噂されるようになっていく。

ただ未だシルキィとナターシャが魔王軍幹部、シリウス・ブラックウィングの共同討伐について口を噤んでいることで、未だアッシュの名は知る人ぞ知るマイナーなもののままで、なんとか収まるのだった――。

そして魔法の習熟に更に努めて新技を開発したり、ミミを育てたり、とうとう遠慮なく本気を出してくるようになったシルキィを相手に割と本気の模擬戦を繰り返したりしているうちに、ユークトヴァニア魔法学院での生活も一年に差し掛かろうとしていた。

そして時は流れ、アッシュが何よりも待ち望んでおり、同時にひどく恐れてもいるあれがやってくる。

校長の朝礼により、一つの情報が生徒たちに伝えられた。

「ダンジョン探索を始める時がやってきました。生徒の皆さんは、将来のために今のうちから、魔物との戦いに備えますように」

それは学院を挙げての、ダンジョン探索の許可。

つまりアッシュが『始まりの洞窟』で己の死の運命と訣別するタイミングが、とうとうやってきたのである――。

第五章　運命との相克

　ダンジョン探索は、ユークトヴァニア魔法学院で決められているカリキュラムの一つだ。

　この世界は、物騒で危険だらけだ。

　街を出てどこかに出かけるなら魔物や盗賊が出るのは日常茶飯事であり、それらに対処することくらいはできなければそもそも生きていくことも難しい。

　それは貴族や有力者たちの子弟であってもなんら変わらない。

　そしてレベルという概念がある以上、自らを鍛えなければそういった者たちに遅れを取ってしまうであろうことは、容易に想像がつく。

　故にユークトヴァニア魔法学院においては歴史や魔法の座学だけではなく、実践にも重きを置いている。

　この学校は一年時から生徒たちをダンジョンに入れ、レベルを上げさせることが義務づけられている。

　そして時間が経つごとに徐々に戦わせる魔物たちのレベルも上げていき、卒業時にはレベル20前後まで鍛えるということを一つの目標に掲げていた。

　アッシュたち一年生が入ることになるのは『始まりの洞窟』だ。

　ゲームで彼が勇者の固有スキルを覚醒させるための負けイベントであっさりと殺される、あの『始まりの洞窟』である。

既にアッシュは攻略を終えている。

というか他のダンジョンもいくつも攻略しているので、純粋な戦闘だけならば何も問題なく終えることができるのだ。

だが校長の探索許可が出てからのアッシュの表情は強張《こわば》っていた。

(とうとう来たか、この時が……)

悲観、しているわけではない。

かといって本来なら己を殺す強敵を相手に、武者震いするほどの戦闘狂というわけでもない。

アッシュはただただ冷静に、今までの自分の人生の真価を問われる日が来たことに、震えていた。

ここが自分の運命の分かれ道になる。

このヴェッヒャー戦を乗り越えることさえできれば——今までの十二年の頑張りが報われる。

「アッシュ、もしよければ僕らのパーティーに入らないか?」

「……」

どうやってヴェッヒャーと戦うかばかりを考えていると、声をかけられる。

椅子《いす》に座ったまま視線を上げれば、そこにはこちらを真っ直ぐな瞳で見つめているライエンの姿があった。

ゲームの世界では、アッシュはそもそも魔法学院には入っていなかった。

既に一足早く冒険者として活動を始めていた彼は、初めてダンジョンに入るライエンたちを先導する役目を担っていた。

けれど既に歴史は、アッシュがはっちゃけて全力戦闘をしてしまったせいで大幅に変わってしまっている。

既にライエンは固有スキルに目覚め、国の支援を受けてダンジョンをいくつも踏破しており、アッシュの方は魔法学院に入学し、辺境伯に権限をもらって好きなように己を鍛えている。

現状自分がライエンと共にダンジョンに潜るには、一緒にパーティーを組むのが一番効率がいい。

ある程度修正をしながら、来たるべき戦いに向けて備えをしていこう。

今回悲劇を生むことなくヴェッヒャーを倒すには、ライエンとの協力が必要不可欠だ。

「おう、いいぞ。他のメンバーは？」

「スゥとイライザだ」

「よし、そこはゲーム通りか（ボソッ）」

「何か言った？」

「いや、なんでも」

そこまで大幅な軌道修正は必要なさそうだ。

であれば戦いを始める前に一度顔合わせと、ライエンの現在の実力を確かめる必要があるだろう。

「一度外へ出て軽く手合わせをしよう。今の僕の力を、君にも見てもらいたいんだ」

「……わかったよ」

渋面を作るアッシュだったが、断る理由もない。

嫌々ながらもアッシュはついていくことにした。

どうしてライエンがこんな風に自分にいちいち話しかけてくるのか、アッシュはよくわかっていない。

主人公なんだからさっさと他の女の子を攻略しろよとばかり思っていた。

「ねぇ聞いた？　メルシィの話」

「ウィンド公爵家も落ちたものよねぇ……クスクスっ」

歩いているアッシュの耳に、通りすがりの女の子の話し声が聞こえてくる。

見れば口に手を当てて笑っている彼女たちの顔は、醜く歪んでいた。

メルシィ推しのアッシュとしては、さすがに聞き逃せない内容だ。

(ウィンド公爵家の帝国との内通は既に潰してる。問題らしい問題はないはずだが……まさかあの公爵がまた何かポカをしたのか？　辺境伯からは何も聞いてないけど……)

「おいアッシュ、どうしたんだよ、急に立ち止まって」

「あ、ああ……なんでもない」

少し気にはなったが、今はすぐそこまで近付いている自分の死の運命と対峙《たいじ》することで精一杯だ。

アッシュはわずかな違和感を覚えながらも、とりあえずライエンに駆け足でついていくのだった……。


今回のダンジョン攻略に参加するメンバーは合わせて四人。

勇者ライエン、伯爵令嬢のスゥ、王女イライザ、そしてそこにアッシュである。

ダンジョン攻略の際、攻略に参加するパーティーメンバーをあらかじめ学院に提出する必要があるのだが……。

「おいおい、嘘だろ……」

「ライエンはいいとして、どうしてアッシュが……」

先ほどから感じる、視線、視線、視線。

周囲の人間からの鬱陶《うっとう》しいほどの嫉妬《しっと》や羨望の眼差《まなざ》しに、アッシュはうへぇと思わず舌を出す。

「なんであんなやつと……」

そしてそんな態度を見た男子生徒は、それを挑発と勘違いして憤りに身体を震わせる。

その一連の流れを見たライエンが苦笑いをしながら、アッシュと少し距離を取って歩くスゥとイライザの間に立ち。

実はアッシュとは初対面になるスゥは小動物のようにびくびくしながらアッシュのことを見つめる。

イライザは腕を組みながら、アッシュと周囲を交互に見つめている。

「鬱陶しいな……別にただダンジョン潜るだけだろ」

「今回ばかりは、私もアッシュと同意見だ。誠に遺憾だが」

「その言い回し嫌いなんだ、生まれ故郷的に。できればやめてくれ」

「なんだその言い草は、私はこの国の王女だぞ！」

「あ、あのぉ、お二方とも静かにしていただけると……」

アッシュとイライザはただ口げんかをしているだけなのだが、それすらも嫉妬の対象になっている。

それほどまでに、イライザの立場というものが意味を持っているということだ。

この学院に来る生徒の種類は大きく分けて二種類。

生まれと育ちが違う根っからの上流階級と、そことのコネクションを求めてやってくるエリート階級の二つである。

そして彼ら両方が、当然ながら王女イライザと共にダンジョン探索を行う名誉を欲していた。

イライザが誰と組むかと思えば、どちらも平民のライエンとアッシュ。

ライエンはまだいいのだ。

彼は実技でも筆記でも学院でぶっちぎりの一位であるスーパーエリート。

おまけに自分の力を笠《かさ》に着ることもなく、誰にも分け隔てなく接することで男女共に好かれている好青年ときている。

まったく文句の付け所がないので、羨むとか以前の問題なのである。

けれどアッシュの方は違う。

素行は最悪で、授業の遅刻早退は当たり前。

学校に来ない日の方が多いくせに、何故か退学させようとしてもうまくいかない目の上のたんこぶ。

誰に対しても態度が適当で、貴族どころか王女に対してもその態度は変わらないときている。

そんな風に完全に問題児の彼がイライザと共にダンジョンに潜るというのは、なんとかして彼女と関係を持とうとする貴族の子弟たちからすれば到底許せるものではなかったのだ。

下手に羨むこともできないライエンの分も、アッシュは完全にやり玉に挙げられていた。

アッシュからすれば完全なとばっちりである。

ただアッシュは正直、周囲に気を配るだけの余裕がない。

何故ならこのあと打ち合わせをしたら——とうとう始まるからだ。

魔王軍幹部ヴェッヒャーとの死闘を前に、アッシュは完全に意識を戦闘用に切り替えている。

既に周囲の声も、どこか遠くから聞こえる雑音にしか聞こえなくなっていた。

「ひっ!?」

「——へ、平民のくせに生意気なっ……」

思わず漏れ出してしまった殺気をまともに浴びた生徒たちは捨て台詞を残し、去っていく。

そんなアッシュの様子を、生徒を散らすための威圧と勘違いしたライエンが呆れの視線をよこす。

「……殺気が漏れてるぞ、アッシュ」

「柄にもなく緊張してるのかもな」

「緊張って……『始まりの洞窟』に潜るだけなのにか？　おかしなやつだな」

イライザは不思議そうに首を傾げる。

多分、というか間違いなく彼女もそしてスゥも、持っている固有スキルを使った全力戦闘をすることになるだろう。

シリウスのことも考えれば、何事もなく倒せるかどうかはわからない。

だがそんなことをバカ正直に言えるはずもなく。

アッシュはただ闘気を漲らせながら前に進むことしかできなかった。

そして残る三人は、そんなアッシュのことを、不思議なものを見るような目で見つめるのだった――。

『始まりの洞窟』の探検が解禁されることで、現在このダンジョンの周辺は非常に賑《にぎ》わいを見せている。

まずは顔合わせということで四人で集まることになったのだが、店を探すために歩いているだけで、周囲からものすごい視線を向けられた。

イライザは正真正銘王女であり、彼女はその見た目の良さから国の対外的な場面に顔を出すことも多い。

なのでその顔を知っている者も多いのだ。

「その顔、隠せばいいのに」

「王女の私がそんなことできるはずがないだろう。この髪も、顔も、そして身体も、何一つ恥じるべきところはないからなっ！」

「そういう意味で言ってるわけじゃないんだけども……」

アッシュに対してグルルと唸ってくるイライザは、まったく聞く耳を持ってくれなかった。

おかげで先ほどから周囲の視線が痛い痛い。

（でもまあ、なんだ……ライエンがいるおかげでそれほど緊張しなくて済んだのは助かるな。もしイライザとスゥと三人で会ってたら、間違いなくまともに話せなくなってただろうからな）

あまり好きではないライエンがいるおかげで、ｍ９オタクとしての一面が出てファンのような対応をすることもなく、飄々《ひょうひょう》とした態度を取り続けることができている。

更に一度イライザ相手に調子に乗ってしまって後に引けなくなっているという部分もあるのだが、そこについては考えたら負けだとハナから思考を放棄している。

「とりあえず適当な喫茶店にでも入ろう。あそこなんかどうかな？」

そう言ってライエンが指さしたのは、お世辞にも栄えているとは言えなそうな寂れた店だった。

けれど人目を避けるにはああいう場所が適しているのは間違いない。

まずは軽く腹を満たしながら作戦会議をしようと、四人は店に入るのだった——。

ダンディなロマンスグレーがやっているらしく、店内はかなり落ち着いた雰囲気だった。

ようやくまともに話をすることができそうだ、と茶菓子をポリポリとつまむ。

向かいに座っているイライザとスゥがあれが美味しそうこれも美味しいと女子トークに花を咲かせている隙に、アッシュは一番気になる部分を聞いておくことにした。

「まず最初に聞きたいんだけど、ライエンは今固有スキルをどこまで使えるようになってる？」

「……自分でちゃんとコントロールして使えるのは、第一のスキルである能力差の補正と、第二のスキルの魔法強化までだね」

「……俺と戦った時そのまま、全部が使えるようになってるわけじゃないんだな」

初めて耳にする情報に驚きながら、声を潜めるアッシュ。

意外な答えに、顎《あご》に手をやって思考を回す。

てっきり全てのスキルが解放されていると思っていた。

まだスキルが二つしかないとなると、戦い方も考える必要があるだろう。

「といっても実際のところ、七つ目まで使えることも多いんだ」

「はぁ？　どういうことだ？」

「僕のスキルは、その……簡単に言えば僕の感情というか、精神面によって大きく左右されるんだ。効果の大小もそうだし、スキルの発動自体も僕がその時どんなことを考えているかで変わってくる。だからそうだね、例えば……絶対に力を発揮したいと思ったタイミングが来れば、きっと全てのスキルを使いこなすことができる」

元々ライエンの固有スキル『勇者の心得』は逆境やヒロイン救出などの覚醒イベントを経ることで一つ一つ解放されていくものだった。

だがアッシュとの激闘でスキルの箍が外れたおかげで、今では気持ちさえ乗れば覚醒し、全スキルが使用可能になるそうだ。

それなら戦闘では問題はなさそうだ。

今回戦う相手は、死力を尽くさなければ負けるような奴なのだから。

(けど……それなら今戦ったら多分、俺が負けるだろうな)

思い出されるのはかつての記憶だ。

武闘会で戦った時のライエンはまともな実戦経験もなく、まだレベルも一桁だった。

だからこそ勇者スキルによって差を埋められても、なんとかアッシュが勝つことができたのだ。

現在もレベルの方ではアッシュが勝っているとはいえ、スキルの使い方を覚え、使いこなせるようになった今のライエンと戦えば、恐らく勝つのは難しいだろう。

なんとか引き分けに持ち込めるかどうか、という感じだと思う。

正直悔しいが……それでいいと思う自分もいた。

弱い主人公には世界など守れない。

自分は彼の手助けをすることができれば、お助けキャラとしての役目は全うできる。

今回シルキィとナターシャを呼んで万全の体制を整えなかったのは、ライエンの今後のことを考えてである。

話を聞いている限り、今のところライエンは本当に生きるか死ぬかという命のやり取りをした経験がない。

それは後に展開に齟齬を来すほどの差になりかねない。

話を聞いていても、やはり何度も死線をくぐり抜けなければ、ライエンは自分の持つ真の力を使いこなすことはできないはずだ。

で、あれば……。

(多少危険でも……俺とライエンでヴェッヒャーを倒す。大丈夫だ、今の俺とこいつなら……やってやれないことはない)

こうしてアッシュはスゥやイライザに怪訝そうな顔をされながらも、ライエンと二人で戦うための綿密な打ち合わせを行い続けた。

ライエンは何も言わず、黙ってアッシュに従って手を抜かずに話を続けてくれる。

そんな二人を見てスゥたちは不思議そうな顔をしていたが……何か思うところがあったのか、特に文句の一つも言わず、黙って会話に参加してくれたのだった――。

当然ながら、初心者向けで初めてダンジョンに入る者たちに最適とされている『始まりの洞窟』の探索はサクサクと進んでいく。

ただ魔物を圧倒して潰していくだけでは時間の無駄になるので、積極的に四人で連携を取るための訓練をしていくことにした。

「グギャッ！」

相手取る魔物はゴブリン三匹。

ライエンとアッシュは鳥が翼を広げるように、左右に分かれて前に出た。

「ギャッギャッ！」

「グギイッ！」

ゴブリンとは最下級の魔物で緑色の人型魔物である。

成人女性程度の背丈があり、腰元には粗末な腰布を巻き、その手には無骨な棍棒《こんぼう》を持っている。

知能は人間の三歳程度しかないため、連携などという考えはない。

三匹のうちの二匹がアッシュに、一匹がライエンに向かっていく。

「よっと」

「——フッ！」

アッシュは攻撃を避け、ライエンは攻撃を受け止めた。

当然ながら、既に数多の魔物と戦ってきている二人にとってゴブリンなど物の数ではない。

アッシュは剣を振り、ゴブリンの首下でピタリと止めてから、もう一匹の方に蹴りを入れて吹っ飛ばす。

ライエンは剣で受け止めた棍棒をスパッと断ち切る。

二人は一度合流し、再度前に出る。

「――速いなっ」

「そんな変わんねぇ、よっ！」

速度自体はレベルが高い分、アッシュの方が速い。

なので歩幅を合わせるためには、アッシュがライエンにペースを合わせる形になる。

どうやらライエンの方は納得がいかないようだが、これぱっかりはしょうがない。

どうせヴェッヒャーとの本番では、勇者スキルを使って自分とそう変わらない速度が出せる。

今は息を合わせる練習をすればいいだろう。

ライエンとアッシュはゴブリンを一匹まで減らしてから、二人での戦闘のやり方に慣れていくことにした。

相手が右側から攻めてきたらどうするのか。左側ならどうするのか。

ポジショニングはどのような形で取るのがベストか。

後方にいるイライザとスゥへヘイトが向かないよう、アッシュが比較的視野を広く取っておく必要がある。

継続的に火力を出せる能力はライエンの方が高く、また勇者スキルでステータス差は埋めることができる。

なのでライエンの方が前衛、アッシュが中衛という形を取ることになった。

アッシュは常に魔法の弾丸を使い、敵の気を散らして集中力を削ぐ。

またライエンが苦戦していると見れば前に出て、前衛としても動ける位置取りはキープする。

二人とも回復魔法を使うことができるが、戦闘に集中している間はさすがに回復魔法を使うだけの余裕もない。

「スゥ！」

「は、はいっ！」

なので基本的には回復はスゥに任せる。

スゥの持つ固有スキルは『白の癒やし手』、回復魔法と光魔法に極大補正のかかるスキルだ。

彼女が放てばヒールがハイヒールになり、ハイヒールはオールヒールになる。

未だレベルも魔法の練度もそこまで高くなく、前に出すぎては危険な可能性がある彼女はあくまでも補助に徹してもらう形にした。

『水瓶の女神』という水魔法に関する固有スキルを持ったイライザは、遠距離攻撃に徹してもらう。

既に何度かライエンと共闘したことがあるらしく、二人の息は合っている。

なのでライエンのカバーに入ってもらう形を取ることにさせてもらった。

そもそもイライザはアッシュのことを嫌っている節がある。

いざという時に咄嗟の判断を間違える可能性を考えれば、彼女にはライエンの補助兼遠距離火力として運用するのが一番無難だろう。

「なぜこんなことをしなければならんのだ……ブツブツ」

執拗《しつよう》に連携や有事の際のフォーメーションの確認をするアッシュの様子に、イライザは不満たらたらな様子だ。

だがアッシュとしてもここは譲れない。

既に対決の時は刻一刻と近付いているのだから。

ちなみに細かい確認や練習を繰り返しても、ライエンは相変わらず何も言わなかった。

気にならないのかと思い正直に尋ねてみたが、返ってきた答えは……。

「僕はアッシュのことを信じてるから」

背中がむず痒《がゆ》くなるほどに篤い信頼。

一体どこでライエンフラグを立てたんだろうかと疑問に思いながらも、アッシュは戦うための用意を整えていく。

皆ができることと、自分ができることを、可能な限り確かめて、わからない領域を潰していく。

他の生徒たちよりも遅いペースで攻略を進めていく四人は、無事『始まりの洞窟』のボスであるホブゴブリンを倒すことに成功した。

今回は最終確認ということでイライザがどこまでライエンと息を合わせて戦うことができるのかを見たのだが、二人の息はこれでもかというほどに合っていた。

ボスを倒し、上の階層へ戻る魔法陣が現れる。

そこへ乗ろうとするよりも早く、ライエンがそれに気付いた。

「あれ、この壁……なんか変じゃないか？」

思わずごくりと唾を飲み込むアッシュ。

そのセリフは一言一句違わず、イベント発生時のそれと同じだった。

ここから始まるのだ。

アッシュの生き残りをかけた、本当の戦いが――。

「……そうか？　私は何も感じないが……」

「何か変な感じがするんだけど……気のせいかな？」

そう言ってライエンは壁に触れようとし……腕はそのまま、するりと土の中へ入ってしまった。

「「「――なっ!?」」」

ライエン、スゥ、イライザ……アッシュを除く三人の声が被る。

腕が埋没してしまったのだが、どうやらそうではないらしい。

見ればそれには相当高度な隠蔽《いんぺい》が施されており、幻影の内側に道が続いているようだった。

ライエンは皆の方へゆっくりと視線を向けてから、幻影の先に続く暗闇へと視線を向ける。

「……どうする？」

彼はそう言うと、親指を新たに現れた道へと向ける。

本来のm９なら、ここで先輩冒険者であるアッシュがすぐに引き返すべきだと主張するが、ライエンがそれでも進みたいと願い、結果として先を行くことになるという展開になる。

原作をなぞろうかと一瞬だけ悩んだが……やめておくことにした。

ここにいる自分は、ゲームであっけなくやられてしまうアッシュではない。

自分には自分のやり方がある。

「行きたいんだろ？」

「……ああ。この先にある何かが、僕を呼んでいるような気がするんだ……」

「そっ、そんな！　危険ですよ！」

「ああ、こういう時はまず引き返して大人たちに報告を……」

アッシュには、ライエンはもう、スゥとイライザの制止の言葉は聞こえていないとわかっていた。

勇者と魔王は引かれ合う。

故にこの先に待ち受ける何かに、ライエンの中にある固有スキルが反応を示しているのだ。

ライエンの固有スキルは、既に七つ全てがアッシュによって解放されている。

それはたしかに、強敵との戦いを求めているのだろう。

アッシュの答えは決まっていた。

「俺も行く」

「いいのかい？」

「皆が反対したら、一人で行くんだろ？　だったら二人で行った方が生き残れる確率は上がる」

「そ、それなら私も行きます！　ヒーラーが一人いるだけで、パーティーの安定感が違いますから！」

「――くっ、私も行くさ、行けばいいんだろっ！　……私、一応、これでも王女なんだけどな……」

言葉の最後、消え入るような声でイライザが素を出すのを、アッシュは聞き逃さなかった。

少しとはいえ、彼女の本音が聞けるような間柄になったことを喜びながら、アッシュは笑う。

そしてライエンと共に『始まりの洞窟』の奥に続いている道へと歩き出すのだった――。

暗闇の先は一本道の階段だった。

まるでやってきた者を誘うように、歩を進める度に階段の両側に設置されている松明《たいまつ》が点灯していく。

「「……」」

誰も言葉を発しなかった。

緊張しているのだ。

この先に何が待ち受けているのかがわかっているため、アッシュも緊張から身体を強張らせていた。

深呼吸をして、無理矢理にでも気持ちを落ち着ける。

いつも通りの実力が出せなければ、勝てる相手ではない。

けれど自分の実力さえ出せれば、勝てない相手ではない。

シリウスと戦った時のことを思い出す。

ナターシャとシルキィの助けはあったとはいえ、あれと比べてしまえば、今から戦う相手などは屁でもない。

ふぅ……と気持ちを落ち着ける。

すると進む先に、歩く度に点く松明とはまた違った光源が現れた。

あそこを抜ければ……まず間違いなく強制的に戦闘に入るだろう。

ゴクリ、と唾を飲み込んだのは一体誰だったか。

アッシュは一瞬で戦闘用のスイッチを入れた。

いつでも魔法が発動できるよう、思考を戦闘向けに切り替えていく。

「やれるかよ、主人公」

「……言われなくとも、やってみせるさ」

恐らくこの先に何かがいることに気付いているであろうライエンは、額に掻いた汗を拭《ぬぐ》いながらそう答える。

その答えも、横顔も……どこまでも主人公だ。

そんなライエンを見て、アッシュはフッと笑う。

二人が歩み出すと、そこには……。

「――ふむ、私に来客とは珍しい。恐らくはシリウスのゲートに巻き込まれたのだろうが……まあ、安心してくれていい。安心して……逝きたまえ」

側頭部に二本のねじくれた角を持つ男が――魔王軍幹部、『白衣の死神』ヴェッヒャーの姿があった――。


やってきたのは、研究室のような場所だった。

地面には大量の資料が散乱しており、机の上には何に使うかもわからない怪しげな液体の入ったガラス瓶が大量に置かれている。

そして極めつきに、部屋の左右にはずらっと大量のガラスの円柱が並んでいる。

上部には電極のようなものが取り付けてあり、下部はしっかりとした基礎部分で固定されていて、魔力によって発光していた。

磨りガラスで中まで見ることはできないが、その中には魔物が入っている。

そのサイズは小人サイズから巨人サイズまで様々。

これがヴェッヒャーの武器になることを、アッシュは既に知っていた。

『白衣の死神』ヴェッヒャーの見た目は、冴《さ》えない研究職の男のようだった。

その顔は青白く、目が悪いのか四角く縁取られた眼鏡を装着しており、黒い下着の上に白衣を着ている。

ねじくれた角は山羊《やぎ》のように突き出ていて、その瞳は怪しく光っていた。

ヴェッヒャーを見たアッシュたち即席パーティーの反応は、二つに分かれた。

「な、なんだ、あいつ……」

「も、ものすごい邪悪なオーラが……」

イライザとスゥは、その圧倒的な気配に明らかにビドっていた。

二人くらい実力のある魔導師なら、相手の魔導師の実力というやつを朧気《おぼろげ》ながらに察知することができる。

けれど彼女たちには……それができなかった。

つまり目の前の魔物は、今の自分たちでは力量を把握することもできないほどに格上の相手ということだ。

二人は無意識のうちに後ろに下がっていた。

「さっきの言葉、忘れたとは言わせないぞ……」

「アッシュ、君は一体、どこまで……？」

ライエンはちらとアッシュを見て、そして目の前にいるヴェッヒャーを見つめる。

だが今はそんな場合ではないと思ったのか、

「――ああ、翻意はしない。やってやるとも」

二人は一歩前に出る。

そしてそのまま――剣を抜き放ち、構えた。

「ほうほう、実力差に気付かず哀れに挑んでくるか。安心するといい。君たちは僕のコレクションの餌にしてあげよう」

それだけ言うとヴェッヒャーは、パチリと指を鳴らす。

そしてそれが——戦闘開始の合図となった。

バキバキバキッ！

周囲に張り巡らされるように展開されたガラスのうちの一つが弾ける。

「さあ——手術《オペ》を始めよう」

ヴェッヒャーの素の能力は、さほど高くはない。

彼は己や己の使役する魔物、更には戦う相手に、手術と呼ばれる特殊な魔法を用いることを基本戦術としている。

味方の支援から敵へのデバフ等も合わせ、総合力で戦うタイプの魔物だ。

「行けッ！　実験体１１２号！」

ヴェッヒャーが出してきたのは、Ｃランク魔物のサイクロプスだった。

その全長は優に人間二人分はあり、顔には大きな一つ目がついている。

気が付けばヴェッヒャーの両手には、光のメスが握られている。

彼はそれを——投擲《とうてき》。

それはサイクロプスの両腕に刺さる。

するとその腕が、みるみるうちに膨れ上がっていく。

「さあ、まずは小手調べ。最初は強化を施されたサイクロプスだ」

一つ目の巨人を見上げるアッシュたちの顔に、しかし不安の色はない。

「合わせろ、ライエン」

「――っ!? ようやく名前を、呼んでくれたねっ!」

「そんなこと言ってる場合じゃや――ないだろう、がっ!」

アッシュは右から、ライエンは左から。

サイクロプスは迫ってくる二人に対応。

大きく下がってから、持っている棍棒を使って二人纏めて薙ぎ払おうと大振りの一撃を放つ。

まずはアッシュが、次いでライエンが――サイクロプスの腕へ剣を振るった。

アッシュの一撃は利き手である右腕を半ばから断ち切り。

ライエンの一撃は左手に大きな裂傷を作る。

「――やるね」

「まだまだだろ」

「なっ!?」

一瞬でサイクロプスを倒してみせた二人の手際に、ヴェッヒャーが明らかに狼狽《ろうばい》する。

アッシュはその隙を見逃さなかった。

「魔法の連弾、五十連」

ドドドドドドドドドドドッッ!!

アッシュは左右に広がるガラスの円柱を片っ端から割っていく。

中からは大量の魔物が溢れ出してくる。

呆気《あっけ》にとられた様子のヴェッヒャーを見て、アッシュは笑う。

そして隣にいるライエンへ視線を向け、

「俺が雑魚の相手をしておく。あいつは、お前がやれ」

「――わかった!」


アッシュは冷静に状況を分析する。

ヴェッヒャーの面倒なところは、シリウス同様手数が多いところだ。加えて、魔物を本来より強化することのできる手術《オペ》の魔法だ。

「火魔法の連弾、五連」

ドドドドドッ!

アッシュが放つ魔法の弾丸が、魔物を射貫き、体内で弾ける。

動き出す獣型の石像であるガーゴイルや、通常とは異なり真っ赤な身体を持つレッドオーガたちはなすすべなくやられていく。

Cランクの魔物を屠る程度のことは、今のアッシュにとって造作もない。

オペにはある弱点……というか、能力的な制限がある。

それは、ヴェッヒャー本人が持っているメスを使うことで発動ができるという点である。

メスで魔物に触れ、そこから魔力を流し込むことで手術の魔法は発動する。

つまりヴェッヒャーに近付かせないうちに魔物を殺しきってしまえば——その危険性は大きく減少するのだ。

「なっ、貴様っ——ぐうっ⁉」

「お前の相手は——僕だッ！」

魔物に手術を使おうとするヴェッヒャーを、ライエンが止める。

ヴェッヒャーの素の能力は高くない。

使える勇者スキルが二つだとしても、今のライエンなら足止めくらいはできるはずだ。

「スゥ、イライザ、お前たちはライエンの援護だ！」

「わかりました！」

「——ああっ、もうっ！　やればいいんだろうやれば！」

アッシュより後方に控えている二人は、ライエンの援護に徹させる。

後のことを考えれば、ライエンの負担を少しでも減らしておいた方がいい。

アッシュは回復を飛ばすスゥと、ライエンを襲おうとする魔物たちを水の刃で切り裂くイライザを見て頷いてから、魔物たちの処理をし始める。

（……そうか）

この『始まりの洞窟』に潜るようになってから、アッシュの頭の中で何かが引っかかっていた。

その違和感の正体に、今になってようやく気付くことができた。

今のライエンとアッシュの実力差は、新たな魔法を手に入れたことで更に開いた。

ライエンが七つの勇者スキル全てを使いこなせるのならまた話は変わるだろうが、今はアッシュの方が間違いなく強い。

だが新たな力を手に入れた今であっても、アッシュは無意識のうちにライエンに獲物を譲った。


主人公の成長のためにはそれが一番いいと思ったから。

覚醒イベントを完全にふいにしては意味がないと思ったから。

自分はただの、お助けキャラだから。

ただ――。

「やっぱりそれだけじゃ、つまらないよな」

ライエンには強くなってもらいたい。その気持ちは本心だ。

アッシュには魔王は倒せない。世界はそういう風にできている。

だが自分だって……強くなりたい。

強敵をこの手で、打ち倒したい。

自分に降りかかってくる死亡フラグをぶっ潰したい。

自分はそのために――この第二の人生を、鍛錬に捧げてきたのだ。
抱く気持ちの強さなら、何者よりも強い。
ライエンに全ての成果を譲る？
――自分はいつから、そんな大人しくなった。
アッシュの中にある渇望は、未だ深いところに根付いている。
ただ隠し方が上手くなり、前より自分を制御できるようになったというだけ。
「ふううううぅぅっっ……」
大きく深呼吸をする。
周囲には十を超える魔物。
アッシュは敢えて剣を手に取り――己の野性を解放した。
「うおおおおおおおおおっっ！」
斬る、斬り去る、斬り捨てる。
魔物を殺すだけではない。
彼は己の弱さを斬り捨て、己の中にある本心を曝け出した。
アッシュは誰よりも強くなりたい。
そして――全てを守りたいのだ。
「待ってろよ、ライエン――こいつらを片付けたら、俺もそっちに行くからよおっ！」

この地下室にやってくるまで、ライエンはずっと疑問を抱いていた。

（一体アッシュは……何を知っているのか）

ここに来るまで、いくつも違和感があった。

『始まりの洞窟』には何があるというのか。

そしてその答えは――今こうして、彼の目の前にある。

既に彼の持つ『勇者の心得』は発動している。

第一のスキル『不撓の勇気』によって、ライエンの身体能力は一時的にアッシュを超えるほどに高まっている。

彼は軽くなった身体で、ヴェッヒャー目掛けて駆けていった。

「ギャアアオッ！」

それを邪魔するように立ちはだかるのは、フロストリザード。

口から氷のブレスを吐き出す、Ｃランク相当の魔物である。

「ファイアアロー！」

「ギャアアアアッ！」

ライエンが放った炎の矢が、一瞬のうちにフロストリザードを炭化させる。

第二のスキル、『勇気の魔法』。

今のライエンの使う魔法には全て、勇者補正がなされ、超強化が施される。

その一撃は火属性を弱点とする氷の蜥蜴《とかげ》を、容易く打ち倒した。

「ふぅむ、これはなかなかっ！」

魔物を倒されても顔色一つ変えず、ヴェッヒャーもライエン目掛けて駆け出してくる。

「ガルルルルッ！」

「キシャアアアッ！」

「キョワアアアアッッ！」

前方からヴェッヒャーが、そして左右からは多数の魔物が迫ってくる。

魔物たちは手術によって強化されているため、防御せずに一撃を食らえばただでは済まない。

（今はただ――前へっ！）

だがライエンはそれでも止まることなく、それどころか更に勢いをつけて走り続けた。

一番脅威度が高いのがヴェッヒャーなのは変わらない。

故に狙うのは最初からヴェッヒャーただ一人。

左右から近付いてくる魔物。

このままでは魔法を使う間もなく接敵し、攻撃を食らうだろう。

けれど心配する必要はない。

何故ならライエンは……一人ではないからだ。

「ウォーターマシンガン！」

「ホーリーメイル！」

ドドドドドッ！

圧倒的な物量で放たれる水の機関銃が、左右からやってくる魔物たちへと降り注ぐ。

そしてライエンの身体は、攻撃を防ぎ状態異常から身を守るための光の鎧に包まれていた。

「行けっ！　ライエン！」

「ライッ！　行っててっ！」

後ろから飛んでくる魔法。

背中からかけられる声援。

イライザとスゥの応戦を背にして、ライエンは更に前に出る。

「フレイムウォール！」

ライエンは走りながら、左右に炎の壁を作り出した。

これで今この瞬間、目の前にいる障害は完全に消え去った。

勇者の焔によって作り出された直線の先には――こちらに駆けてくるヴェッヒャーの姿がある。

疾駆した両者が――激突する。

「シッ！」

「――ぐっ!?」

ヴェッヒャーの手に持つ光のメスが伸びる。

ライエンは己の持つ鉄剣でそれを受けた。

互いに攻撃し、防ぎ合う間も、『不撓の勇気』は発動し続ける。

圧倒的に広がっていた差が縮まっていく。

その細腕のどこに力がかかっているのかと思うくらいに、ヴェッヒャーの一撃は重い。

最初はその一撃を受けることすらできずに、ライエンの身体は吹っ飛ばされた。

しかし弾かれていくうちに、踏ん張りが利くようになり、気付けばヴェッヒャーの一撃をある程度いなすことができるようになっていく。

「ほう……やりますね」

ヴェッヒャーが握るメスが、ぐにゃりと曲がる。

そしてその攻撃が、ライエンの腕に突き立った。

「ぐうっ!?」

「手術、開始」

ヴェッヒャーは自身が直接執刀した生き物を強化・弱体化させることができる。

ライエンが剣を力強く握っていた力が、ガクッと抜ける。

「ほらほら、どうしました？　さっきの威勢はどうしたんですっ！」

二人は炎の壁に包まれながら切り結ぶ。

火による継続ダメージなど気にせず、二人とも傷を負いながら戦い続ける。

回復魔法を使えば、傷やダメージは回復できる。

けれどライエンの速度は、先ほどまでと比べれば明らかに落ちてしまっていた。

『不撓の勇気』で上昇した能力が、ヴェッヒャーの手術によって削り取られてしまっているからだ。
次第にライエンの負う傷が増えていく。
速度に差がついたことで、ライエンは回復魔法を使う暇もなくなっていく。
（身体が……熱い、そして重い）
ヴェッヒャーのメスが胸に突き立つ。
それを引き抜かれると、また身体から力が抜ける。
「けれど僕は――負けられないんだ！」

「な……なんなのだ貴様はッ！」
ヴェッヒャーのレーザーメスが、ライエンの身体を貫く。
だがライエンはダメージなど意にも介さずに前へと進んだ。
手術《オペ》の魔法が発動する。
ライエンの身体能力がガクッと下がった。
だがそのデバフを補い、更に上回る形で『不撓の勇気』が発動。
両者の前の実力差のおかげでライエンの速度は更に上がっていく。
ヴェッヒャーはここに来て、自分の魔法が効かないのだと認めざるを得なくなる。
だが焦ってはいるものの、その表情にはまだまだ余裕がある。
彼は手札を何枚も持っておくタイプだからだ。

ヴェッヒャーの攻撃を避けたライエンは、一旦仕切り直して距離を取る。

その時には既に、彼が使ったフレイムウォールは小さくなり、向こう側の様子が見えるまでになっていた。

だがそちらにまで意識を割く余裕はない。

目の前の敵に集中し、ライエンは剣を構えた。

対しヴェッヒャーは、ふうぅ……と大きく息を吐く。

「まさか早々に、これを使うことになるとは……」

ヴェッヒャーがパチン、と指を鳴らした。

何をするつもりだ、と身構えるライエン。

彼の身に、すぐに異変が起きた。

腕に痺《しび》れが走ったのだ。

攻撃を食らったのかと思い見てみるが、回復魔法で癒やした腕は既に傷痕《きずあと》一つ残っていない状態だ。

不思議そうな顔をするライエンを見て、ヴェッヒャーはにやりと笑う。

「私の手術の魔法には、二つの効果がありましてね。一つは相手の能力低下、そしてもう一つは――」

ボコンッ！

ライエンの右腕がボコリと不自然に歪んだかと思うと――膨れ上がった。

そのまま変色し、赤く腫れ上がったようになった。

痛みはまったくない。

これほどの異常が起こっているというのに痛みがないという事実が、逆に恐ろしかった。

火傷を負ったように真っ赤に膨れ上がっているライエンの右腕。

治すために、即座に回復魔法をかける。

「エクストラヒール――何だとッ!?」

けれど回復魔法を使っても、異常は収まらなかった。

つまり手術の魔法の第二の力とは――。

「あなたの肉体を、美しく作り替えたのです。それこそがあるべき姿なのですよっ！」

肉体を変質させる力だ。

手術の魔法の質の悪いところは、作り替えられた状態こそが正しい状態であると脳が誤認してしまうところにある。

おかげで回復魔法を使っても、効果はない。

このままではライエンは、肥大化してまともに動かすことのできない右腕を抱えた状態で、ヴェッヒャーと戦うことを強いられることになる。

ヴェッヒャーの手術に対応するためには、変質させられてしまった部位を切り落とし、回復魔法で部位欠損ごと治すしかない。

けれどそれを可能とするラストヒールを使える者が極少数の超越者たちに限られている。

故にこれは勝負を決める、ヴェッヒャーの決め札の一つだった。

「では次は——私からいかせていただきますよっ！」

今度はヴェッヒャーが前に出てくる。

ライエンはその攻撃を受けるため、剣を構えた。

けれど剣を振るための右腕は、パンパンに膨れ上がっている。

当然ながら、以前のような攻撃を放つことはできない状態だ。

ヴェッヒャーの光のメスによる攻撃がライエンに襲いかかる。

「それそれそれそれっ！」

肥大化した利き腕は、当然ながら上手く動かない。

剣を構え一撃を受け止めようとするが、力を入れすぎたせいで上手くできなかった。

健常なままの左手との動きのズレ、そして本来ならこう動いていたという頭の中での右腕の動きとのズレ。

そこに手術の第一の効果であるデバフがかかったことで、ライエンは防戦一方に追い込まれていく。

「——ぐうっ!?」

ヴェッヒャーの放った一撃が、よけきれなかったライエンの右足に突き立った。

白衣の死神は、にやりと笑いながら指を鳴らす。

すると右足が膨れ上がり、今度は緑色に変色してしまった。

右手と右足がまともに動かなくなった状態で、まともに防御ができるはずもない。

ライエンの身体に切り傷が増えていく。

そしてそれに伴い、彼の全身はどんどんと変質していき、見るも無惨な様子になった。

けれどライエンの目は、未だ死んでいない。

「これで――トドメですッ！」

ヴェッヒャーの一撃が、ライエンの頸動脈を狙って放たれる。

当たれば死を免れないだろう。

ボロボロになり、キメラのように歪な身体になったライエンは、それでもなお迎撃をするべく剣を振る。

彼の辞書に、諦めという文字はなかったのだ。

「もし僕が――勇者だというのなら！　答えてみせろッ、『勇者の心得』！」

バキバキッ！

枷《かせ》が弾けるような音が、洞穴の中に響き渡る。

そして――ライエンは、軛から解き放たれる。

「第四のスキル――『不屈の勇気』！」

新たに解放された勇者スキルは二つ。

第三のスキル、一切の状態異常にかからなくなる『健全な勇気』。

第四のスキル、死なない限りＨＰを無限に回復し続ける『不屈の勇気』が発動する。

これによりヴェッヒャーの手術の魔法の影響は減り、更に今まで負っていた傷が急速に治癒されていく。

更にここに第一のスキル『不撓の勇気』の効果が重なることで、現在のステータスはヴェッヒャーとほとんど同じというところまで辿り着いている。

「うおおおおおおお！」

「――一体どこに、こんな力がッ⁉」

必殺の一撃だった。

威力、タイミング、相手の弱り具合。

全てを加味した上で相手を葬《ほうむ》り去れるはずだった一撃は――しかし狙いを外し、ライエンの胸に突き立つだけで終わる。

そして手術の魔法を発動させようとするが――なぜか不発に終わる。

魔法を発動した瞬間の隙を見逃さず、ライエンは剣を振る。

だが相手の狙いに勘付いたヴェッヒャーは、左手のメスでその一撃を防ぐ。

けれどそれも、ライエンの想定内。

右手で胸に突き立つメスを持ち、左手は防ぐためにメスを構えている。

今ヴェッヒャーは両手を使い、自由が利かない状況。

ライエンはここで第二のスキルを発動させる。

「ファイア……アローッ！」

第二の勇者スキル、『勇気の魔法』による超強化を施した炎の矢は——ライエンごと、ヴェッヒャーを貫いた。

「があああああっっ!?」

まさか自爆特攻をされると思っていなかったヴェッヒャーは回避することもできず、一撃を受けた。

結果として腹に大穴が空き、身体の一部が炭化するほどの怪我を負う。

けれどそれはライエンも同様。

更に言えば魔法を避けられぬよう、ライエンは自らの背後に魔法を隠し、自分ごと貫く攻撃をしたため、最初に攻撃を食らったライエンの方が重傷な状態だった。

「おおおおおおおっっ!!」

だがライエンはそれでも剣を振る。

圧倒的な熱量により赤熱化しかけている剣を、ヴェッヒャーに突き立てる。

「なんだとぉっ!?」

避けられぬよう自分を巻き込む形で魔法を発動させた自爆。更にそのまたたみかけてくる剣撃。

己の命を賭したその捨て身の自爆特攻に、ヴェッヒャーは面食らうことしかできない。

歯を食いしばると、唇を巻き込んで血が出てくる。

奥歯にヒビが入るが、それでもライエンは攻撃の手を緩めない。

ヴェッヒャーのメスがライエンを貫き、ライエンの剣がヴェッヒャーを切り裂いた。

二人の口から、大きな血の塊がごぽりと吐き出される。

「――ちぃっ！」

これ以上は、と身の危険を感じたヴェッヒャーが距離を置こうとする。

だがそんな隙を与えるつもりは毛頭ない。

ライエンは自らの損耗を度外視して、果敢に攻め立てる。

「ウィンドカッター！」

第四のスキル『不屈の勇気』は一度発動すれば戦闘中は持続し続ける。

彼の傷はたちまちに癒えていく。

そしてそれを見たヴェッヒャーは目を剝いた。

再度の自爆特攻。

今度は更に大胆に、ライエンはヴェッヒャーの身体を強引に押さえ、自分ごと風の刃で切り刻む。

「ぎゃあああああっっ!!」

「ぐうっ！」

もちろんライエンにもダメージは入る。

だがライエンは痛みに歯を食いしばりながらもそれに耐え続ける。

奥歯は割れ、そして傷として判定され治っていく。

再度剣を振り上げた時には、腹に空いた穴と同様完全に回復していた。

そのライエンのデタラメなスキルを見たヴェッヒャー。

彼は応急処置をする間もなく、ダメージを継続的に受け続けている。

「チッ！」

今度はヴェッヒャーが身を切る番だった。

彼は敢えて剣の一撃を食らい、思い切りライエンの腹を蹴る。

ライエンが胃液を吐き出しながら後方に吹っ飛んでいく。

それを見届ける間もなく、息を荒らげたヴェッヒャーが笑う。

「ふ……ふふふ、まさかこんなところで、全力を出すことになるとは……」

そう言ったヴェッヒャーは、自分の身体にメスを突き入れる——。

ヴェッヒャーというキャラは、勇者を覚醒させるために発生する負けイベントのボスキャラである。

彼の一番の強さは、半永久的に強化を施すことができる点だ。

自身の手術の魔法を配下である魔物たちに使うことで、ランクが変動するほど強力に魔物を改造しバフをかけていく。

そして配下たちをけしかけながら相手の隙を見つけ、手術を使い相手にデバフをかけていき、じわじわと嬲り殺す戦法を得意としていた。

けれど今回、本来のヴェッヒャーの作戦はまったく通用していなかった。

なぜなら……。

「風魔法の連弾、十連」

戦闘開始と同時にアッシュがガラスケースの中で眠っていた全ての魔物を叩き壊してしまっていたからだ。

アッシュの属性魔法の弾丸が、魔物へと突き込まれていく。

回転をさせることで命中精度と威力が上げられた弾丸が、吸い込まれるように魔物の頭部へと向かう。

そして魔物を貫通しただけでは飽き足らず、後ろにいた魔物にも深手を与えていく。

「オールヒール！」

「助かるっ！」

今回はさすがに魔物の量が多く、アッシュは後衛のスゥたちに魔物が行かないようにするので手一杯だ。

そしてライエンの魔法で自分たちが駒として動きやすくなった以上、この場で最も強いアッシュの手助けをするのは、パーティーとして当然の判断だ。

故にスゥはアッシュの回復役を担うことで、彼の負担を軽減させる方向に動いた。

そしてイライザは敵を倒すのではなく、ヴェッヒャーの方へ向かってしまわぬよう足止めをしていた。牽制や妨害を意識した魔法を駆使し、なんとしてでもライエンに負担をかけぬべく、アッシュの方に魔物を誘導している。

アッシュのことが嫌いなのは無論事実だが、このパーティーの中で圧倒的な殲滅《せんめつ》力を誇るのがアッシュであるのは揺るがぬ事実であるため、彼が一匹でも多く魔物を屠れるような環境を作るよう心がけていた。

三人の奮戦があるおかげで、ヴェッヒャーとライエンは未だ一対一の戦いを続けることができている。

手術の魔法を使って魔物を強化することができていないため、彼の戦闘能力は本来の半分未満にまで落ち込んでいた。

本来なら戦闘を続けターンが経過しやられる度に逐次追加されていく魔物による支援が、今は一切ない。

それがヴェッヒャーを追い込むことになった。

故にヴェッヒャーは本来ならこの戦いで使うことのない禁じ手に手を出した。

彼は自身の身体にメスを突き入れ、自らの肉体を改造し始める。

「ふ、ぐうっ!!　……あぐっ」

ライエンはそれを阻止するべく動き出す。

だが既に魔法は発動していた。

魔法の発動を止めるべく攻撃を加えたライエンに待っていたのは——目で追えぬほどの速さ

で放たれたカウンターパンチだった。

「ぐはっ!?」

「ふぅ……生まれ変わった気分ですよ。なぜ今までやってこなかったのか、今となっては不思議に思えてくるほどです」

先ほどまでの白衣の男は、その相貌を様変わりさせていた。

ひょろひょろとしていたはずの身体は不自然なほどに隆起し、ボディービルダーも顔負けなほどに筋骨隆々になっている。

ヴェッヒャーに隠された真の力――手術による自身の改造。

これは本来であれば、ラストダンジョンである魔王城で終盤も終盤に起こるボスラッシュの時になってから解放されるはずの技だ。

検体を弄ることは好きだが、自身の肉体を弄くることは嫌いなヴェッヒャーは、正史であればこの段階で手術を自己に施すことはない。

ただアッシュが殺されたことで勇者ライエンが覚醒し、隙を突かれてやられるはずだったヴェッヒャーもまた、本来とは異なる行動を取った。

そしてその結果が、ヴェッヒャーの第二形態の解放である。

「ぬううんっ！」

「――速っ!?」

気付けばライエンは吹っ飛んでいた。

口からごぽりと血が噴き出し、着用する鎧は、拳の形に凹んでしまっている。

後方に吹っ飛ぶ際、体勢を立て直すべく受身を取ろうとするライエン。

けれど彼がなんとかして立ち上がろうとした時には、既に目の前に拳を振りかざすヴェッヒャーの姿があった。

再度の衝撃、今度は吹っ飛ばされるのではなく、真下に思い切り叩きつけられる。

拳の衝撃が地面にまで伝わり、叩きつけられたライエンの周囲にクレーターが出来上がる。

バキバキバキッ！

ライエンはスキルの制限が更に解放されるのを感じた。

七つの封印が解かれ、一時的に完全状態となった『勇者の心得』。

けれど自身のスキルに考えを巡らせるだけの余裕もない。

ヴェッヒャーが放つ怒濤のラッシュにより、ライエンはひたすらボコボコにされ続けていた。

傷が癒える間もない連撃に意識が遠のく。

剣を必死に構えようとするが、それだけの余裕を与えてくれない。

「――ぬんっ！」

完膚なきまでにやられたライエンの息の根を止めるべく放たれた一撃。

レーザーメスを形状変化させ、ナックルダスターとして使うヴェッヒャーの一撃が――。

「よぉ、主人公。ボロボロじゃねぇか？」

寸前で停止する。

レベルを既に限界近くまで上げているアッシュは、ヴェッヒャーの一撃をしっかりと受け止めきってみせたのだ。

「苦戦してるなら、助太刀するが？」

「……頼む」

「しょうがねぇなぁ……それじゃあいっちょこのお助けキャラが、一肌脱ごうかね！」


「ふむ……どうやら実験体たちは全員やられてしまったようですね」

「それならどうする？　降参でもするか？」

「いいえ、彼ら全てと戦ったとしても……今の私の方がっ、強いっ！」

瞬間、ヴェッヒャーの姿が消える。

スピードは自分と同等。目で追うことも対応することも可能。

(だが、これは――ッ！)

アッシュが剣を上げれば、飛びかかるように空中から斬りかかってきたヴェッヒャーの一撃とぶつかる。

レーザーメスによる斬撃を剣で受け止めたアッシュは、その攻撃の重さに驚いた。

地面が陥没し、小さなクレーターが生まれるほどの衝撃が、全身を突き抜けたからだ。

「シッ！」

ヴェッヒャーを離してから、アッシュは眉を顰めた。

（なぜヴェッヒャーがこの姿に……？）

ライエンの生み出した炎の壁が現れてから見えてきた光景に、アッシュは正直戸惑っていた。

本来であればヴェッヒャーは接近戦があまり得意ではなく、素のステータスもそれほど高くない。

だからライエンに相手を任せて、自分は手術の魔法を使われないうちに魔物たちを狩っていたのだが……なぜかヴェッヒャーが変身している。

終盤で起こるボスラッシュにおいて、ただヴェッヒャー一体だと何もせずやられてしまうために、恐らく開発スタッフが苦肉の策で生み出したヴェッヒャーの第二形態。

この場で見ることはなかったはずのマッスルフォームのヴェッヒャーが、なぜか自分たちの前に立ちはだかっている。

（わかってたつもりだが……まだまだ認識が甘かったか）

この異世界はゲーム世界に似てはいるが、まったく同じというわけではない。だからこそ、このような異常事態が起こることもある。

終盤で全てのスキルを使いこなせるようになるライエンが幼少期に七つのスキル全てを使えるよう覚醒したのだから、この段階で負けイベントのボスが覚醒することもあるのだろう。

今の剣戟で互いのステータスは把握できた。

どうやらヴェッヒャーは完全に近接特化型の構築になっているようで、レベルが50を超えた今のアッシュを上回る攻撃力を持っている。

（パワーのインフレがすげぇぞ！　こんなのとまともにやってられるか！）

ボスであるヴェッヒャーのＨＰは膨大だ。

そのことを考えれば、近距離戦を続けるのはこちらに不利。

故にアッシュは後退しながら、魔法を放ち続ける。

「魔法の連弾、三十連」

魔力によって生成された弾丸が、ヴェッヒャーへと襲いかかる。

ヴェッヒャーは横に平たく伸ばしたレーザーメスでそれを防ごうとするが、完全な防御には失敗。

魔法の衝撃を食らうことで、後方にノックバックが発生。

そのチャンスを使いアッシュは後退。

迫ってくるヴェッヒャーに再度の魔法を使い、同じ工程を繰り返す。

そしてある程度の距離を保ったまま、チクチクと魔法の弾丸で相手の体力を削り続ける。

現在のヴェッヒャーは肉体の方にステータスが振られているからか、魔法で入るダメージが高そうだ。

魔法攻撃で削っていくのが、一番効率が良さそうに思える。

「ちいっ、こざかしいっ！」

当然ながら相手は自動で同じ行動を選択し続けるＡＩではないため、今のままではいけないとなれば行動のパターンを変えてくる。

ヴェッヒャーは被弾を覚悟で突っ込んできた。

今まで防いでいた攻撃の全てが当たるが、今回は攻撃に意識を割いているためかスピードの減少はない。

アッシュが防戦の姿勢を取る。

一合、二合、三合。

形状変更が可能なのか、大きく剣のようになったレーザーメスとアッシュの剣がぶつかり合う。

攻撃の速度はそこまで速くはない。

だが威力は相当なものだ。

ラッシュでも入れられれば、一発でＨＰが全て持っていかれるかもしれない。

迎撃はなるべく丁寧に。

相手に攻撃の手番を回しすぎないよう、細かい牽制やフェイント、カウンターを織り交ぜながら、隙を見て魔法を放つ。

先ほどのように再度距離を取ろうとしないのには、当然ながら理由がある。

ヴェッヒャーの意識を、完全に自分に向けさせるためだ。

「――そこだっ！」

ヴェッヒャーが完全にアッシュだけに意識を集中した瞬間。

その隙を突く形で、ライエンが剣を振るう。

『不撓の勇気』でステータスを上昇させ、『健全な勇気』で手術によるデバフを治し、『不屈の勇気』でＨＰを全回復させた。

おかげで今のライエンはフルパワーが出せる。

そして彼の牙は、今のヴェッヒャーにも届きうる。

一閃。

白銀の閃光が斜めの直線を進んだ。

ヴェッヒャーの身体から血が噴き出す。

意識外からの攻撃に対応ができなかったヴェッヒャーが、額にビキビキと血管を浮き上がらせる。

「きっさまぁ……」

「魔法の連弾、二十連」

そして意識がライエンに向いたところに、アッシュが魔法の連弾を叩き込む。

二人の連携は、事前に打ち合わせでもしていたのかというくらいに完璧であった。

アッシュたちはヴェッヒャーと戦いながら、成長していく。

お互いの呼吸を呼んでいるかのように、戦えば戦うほど、二人のコンビネーションは巧みになっていくのだった――。

ヴェッヒャーは己の肉体を改造することで、手術の魔法を使うことができなくなる。

ゲームをプレイしていた当時はその仕様に疑問を覚えていたアッシュだったが、現状を見ればその理由がわかる。

(あのナックルダスターじゃ、そりゃ人体は切れないよな)

先ほどまでは一撃でライエンの身体を切り裂くほどに鋭利だったレーザーメスの様子が、随分と様変わりしていた。

いくつか形状変更のレパートリーがあるとはいえ、そのどれもが斬り付けるというより殴ったり、叩きつけたりすることに特化した形になっている。

あの形状変化のおかげで、今は手術の魔法は使えない。

そしてそれは、アッシュにとって非常に都合が良かった。

アッシュの力は、決して万能ではない。

ライエンのような七つの能力を使い分け、どんな相手とも互角以上に戦うことができる万能の力が、彼にはないからだ。

だから急に覚醒して強くなったりする主人公補正は存在しないし、手術の魔法を食らえばステータスは普通に下がってしまう。

能力低下を心配する必要がないというのは、あくまでもレベルの力に拠る部分の大きいアッシュには大きなプラス要素だ。

「風魔法の連弾、二連」

アッシュが放つ風の弾丸が、吸い込まれるようにヴェッヒャーへと向かっていく。

それを己の拳で迎撃するヴェッヒャーの手の甲が、爆風で裂け血が噴き出した。

けれどさすが魔王軍幹部、ジュウジュウと肉が焼けるような音がしたかと思うと、一瞬のうちに傷は消える。

（とんでもない再生能力だな。致命傷を与えない限り、トドメはさせそうにない）

ダメージは間違いなく通ってはいる。

つまりステータス的な差はそこまで大きくない。

ただ、今のヴェッヒャーは完全なパワーファイター型だ。

あまり近付きすぎて下手に一撃をもらえば、それが致命傷になりかねない。

アッシュはヴェッヒャーとつかず離れず、中距離を維持しながら戦闘を継続していく。

ヴェッヒャーがそれを許しているのは、ひとえにすぐ側にもう一つの脅威が存在しているからだ。

「はあああっっ!!」

アッシュへと近付こうとする動きを止めるのは、接近して干戈を交えているライエンだ。

勇者スキルによって能力値を底上げしているライエンのステータスは、ヴェッヒャーとほぼ同等。

けれど戦闘経験に関しては、魔王軍でならしてきたヴェッヒャーに一日の長がある。

その分やはり、戦闘には優劣がつく。

ライエンの攻撃をかわし、無防備になった背中に一撃を叩き込む。

「ぐうっ!?」

ライエンは一撃を食らい、思い切り地面に叩きつけられる。

倒れずには済んだようだが、足の形に地面に凹みができる。

それだけの一撃を食らい、口からは思い切り吐血していたが、それでもライエンの目は死んでいなかった。

そして先ほどヴェッヒャーが見せたのと同じ——いや、それ以上の速度で傷が回復していく。

勇者スキルの一つである『不屈の勇気』による超回復のおかげで、ライエンはこれ以上ないほどに、タンクとしての役目を果たしていた。

彼が注意を引いている間にも、アッシュはヴェッヒャーに魔法の弾丸を当て続ける。

ダメージは問題なく通っている。再生されているとはいえ、HPは削れているはずだ。

そして同様に、ライエンの剣撃でもダメージは与えられている。

けれど元々の再生能力が高いせいで、やはり決め手に欠ける。

ヴェッヒャーの方からは、そこまで切羽詰まっているような感じはしない。

まだ余裕がありそうだった。

けれどアッシュの方は、実はそこまで余裕がない。

MPを消費し続けている状況下、現状を打開しなければ先にジリ貧になるのがこちらなのは目に見えていた。

ここで賭けに出る必要がある。

アッシュはそう、直感した。

勝ちの目を拾いに行くために必要な選択肢は――。

「――おおおおおおおおお！」

安全圏から一歩踏み出し、自ら死地へと踏み出すことだ。

アッシュはヴェッヒャーの背中に、思い切り剣を叩きつける。

呻き声を出すヴェッヒャーに二撃三撃と加え続け、付け入る隙を与えぬ連撃を加えていく。

鉄の塊を叩いているかのように重たい感触だった。

その重たい手応えに、こんなものと白兵戦をしていたライエンの化け物っぷりを改めて感じるアッシュ。

けれど彼も、ここで引くわけにはいかなかった。

「俺たちで……時間を稼ぐっ！　イライザ、スゥ、ここが踏ん張りどころだ！」

「ああもう、わかったっ！　やればいいいんだろうやれば！」

「ふ、ふえぇ……」

後ろにいるイライザとスゥは、既に魔物がいなくなったことで手すきになっている。

アッシュ一人でも戦えはするが、彼女たちのサポートがあれば戦況はより盤石なものになる。

――ライエンが大技を出すための時間を、三人で稼ぐ。

それこそが、アッシュが導き出した答えだった。

こうして三人は危険地帯へと、足を踏み入れる――。


膂力ではヴェッヒャーに分がある。

力では劣勢のはずのアッシュは、しかし相手を翻弄《ほんろう》し続けていた。

攻防が続くが、戦いは終始アッシュ優位に進み続けていた。

力は強くとも、ヴェッヒャーには術理がない。

師匠であるナターシャから剣技を叩き込まれたアッシュからすれば、ヴェッヒャーは動くスピードが速くとも、その動きはあくまでも素人そのもの。

避けることも迎撃することも、決して不可能ではなかった。

「ぬううんっっ！」

ヴェッヒャーの拳が唸り、アッシュの顎にアッパーを入れるような形で向かってくる。

アッシュはそれを避け、そして拳の通るであろう箇所に当たりをつけ、斬撃をそこに置いていく。

目算と事実が見事に合致し、ヴェッヒャーの拳が浅く裂ける。

攻撃をもらってからヴェッヒャーは、今までとは違う動きに出た。

ヴェッヒャーは良い一撃をもらってもいいという覚悟で、そのまま左手のストレートを放ってくる。

アッシュは胸に剣を思いきり突き立てる。

ヴェッヒャーの胸部から血が噴き出す。

だがそれでも……その動きは止まらなかった。

（――避けきれない！）

一撃を放った直後で、身体は硬直してしまっている。

回避は不可能と一瞬のうちに判断するアッシュは、意識を回避から防御へと移した。

彼は自らの腕を交差させ、その上に剣を重ねる形で攻撃を受ける。

「シッ！」

ヴェッヒャーの左ストレートの攻撃が当たる瞬間、アッシュは意識を集中させる。

ベキベキベキッと自分の腕の骨が折れる感触に眉を顰める。

けれどアッシュは自分が攻撃されたからといって頭が真っ白になるほど柔ではない。

どんな状況下であっても攻撃だけは放てるよう、師匠であるナターシャから仕込まれている。

「魔法の連弾、二十連！」

攻撃に成功し、意識が緩んだその瞬間を狙い、アッシュは魔法を発動。

呻き声を発するヴェッヒャーを見てにやりと笑いながら、アッシュは思い切り後方に吹っ飛んでいく。

空中は人間が無防備になる瞬間だ。

相手が吹っ飛ぶよりも高速で着地点に到着することができれば、相手は次の一撃を避けることができない。

けれどヴェッヒャーの追撃の手は、緩まざるを得なかった。

駆けようとした彼の頭上に、大きな影が現れたからだ。

「ウォータードラゴンッ！」

上級水魔法であるウォータードラゴン。

必要な水魔法の適性が高く、かつ一度に使う魔力量もかなり多いため使い手の限られる魔法だ。あのリンドバーグ辺境伯でさえ、コストパフォーマンスから滅多に使うことのない、威力こそ高いけれど燃費の悪い魔法なのだ。

けれど固有スキル『水瓶の女神』を持つイライザであれば、スキルの力で消費魔力を減少させることで、そのデメリットを打ち消すことができる。

ただでさえライエンとアッシュの攻撃を食らい、全身がボロボロになっているヴェッヒャー。

今の彼は自身の肉体を手術の魔法で治すことができないため、ダメージは蓄積されている。

既にHPが半分以上削れているヴェッヒャーは、ウォータードラゴンの一撃に足を止めざるを得なかった。

それはライエンとアッシュが二人でヴェッヒャー相手に戦い続けたからこそ生まれた隙。

そしてそのわずかな隙が、値千金となった。

「オールヒール！」

空中を吹っ飛ぶアッシュに、回復魔法のオールヒールが飛ぶ。

それを放ったのは、『白の癒し手』を持つスゥだ。

彼女が放つオールヒールは、スキルの持つ極大補正により一段階上のラストヒールと同等の効果を持つ。

アッシュの折れた骨はみるみるうちに回復していき、彼が地面に着地する時には、既に全身にあった傷は完全に癒えていた。

「火魔法の連弾、三連」

ウォータードラゴンを完全に防ぎきり、そのままイライザへと向かおうとしていたヴェッヒャーに向けて、火魔法の連弾を放つ。

アッシュの一撃を見過ごすことはできず、ヴェッヒャーは大きく後ろに飛びすさる。

だがアッシュはそこで更に前に出る。

そして刺し違える覚悟で——魔法の弾丸を放ちながら、前進した。

無理押しの特攻、当然ながらヴェッヒャーの一撃をもらう。

再度の一撃をもらい吹っ飛ぶアッシュ。

腹が抉れ、血反吐《ちへど》を吐きながらぶっ飛ぶアッシュが叫んだ。

「——やれ、ライエンッ！」

その声と同時に、後ろから莫大な光が現れる。

それはライエンが放つ最大最強の一撃。

激闘をくぐり抜け、自らの死を覚悟するほどの強敵でなければ発動することすらできない、『勇者の心得』第七のスキル。

「――『最後の勇気』！」

光の剣が、ヴェッヒャーに振り落とされる。

ライエンの攻撃の余波で上手く動くことのできないヴェッヒャーへ――魔を滅する光の剣が振り下ろされた。

「はあああああっっ‼」


溢れる光の奔流が、ヴェッヒャーへと襲いかかる。

『勇者の心得』第七のスキル、『最後の勇気』。

彼が放てる最大最強の一撃は、ヴェッヒャーの肉体を焼き、その顔に焦りを浮かべさせた。

「ぐっ…うおおおおおおっっ‼」

ヴェッヒャーは腕をクロスさせて、攻撃を耐えようとする。

けれど光は止まるどころか進み続け、ヴェッヒャーの肉体が赤く爛《ただ》れ始めた。

そこにきて彼は防御を止めた。

彼はそのまま左半身を犠牲にするような形で後ろに重心を移し……迫りきる攻撃を拳打で打開すべく、己の拳を突き出した。

「私は、まだ、こんなところでっ――‼」

彼が最後まで言葉を言い切ることはできなかった。

爆発とそれに伴う轟音《ごうおん》が、研究室を震わせる。

次いでやって来る衝撃波が、被検体の入っていたガラスの培養室の残骸を跡形もなく壊していき、魔物の死体を吹き飛ばしていく。

地下室の研究室は、白の世界に染まる。

『最後の勇気』による爆発が、ヴェッヒャーの肉体を包み込み――。

「はあっ、はあっ、はあっ……」

全てを出し切ったライエンは、剣を杖のようにしてなんとか立っている状態だった。

震える己の右手を見つめる。

グーパーと握ろうとするが、できなかった。

既に右手の感覚が失われているのだ。

この感覚には覚えがある。

（――アッシュと戦った時と、同じか）

未だこの身に過ぎた力である『勇者の心得』は、使いすぎればその副作用から肉体の方が先に限界を迎えてしまう。

第一のスキルと第二のスキルを使いこなせるようになったものの、どうやらまだまだ道のりは長いらしい。

「けどなんとか、勝った、か……」

目の前の、光景を見ながらそう呟くライエン。

徐々に消えていく、砂埃《すなぼこり》。

そこから現れた者に……ライエンは息を飲んだ。

「ぐ……」

そこにいたのは、ヴェッヒャーだった。

全身はボロボロで、焼け焦げて炭化している部分もあるが……間違いなく生きている。

「この……この私が、なぜこんなわけもわからぬガキに、ここまでいいようにやられなくてはいけない……」

ずっずっと、足を引きずりながらも進んでくるヴェッヒャー。

ライエンはその光景に、言葉を飲んだ。

こちらをにらみつける眼光も、それだけ死に体になりながらもなおこちらに迫ってくる執念も。

どちらも彼がこれまでの人生で、一度として見たことがないものだった。

第四のスキル『不屈の勇気』により、既に傷は癒えている。

けれどスキルの連続使用により苛まれた身体は、傷を癒やしただけでは機能しない。

もうライエンは、己の身体をまともに動かすのが不可能な状態だった。

後ろからはスゥの回復魔法が飛んできたが、それでもライエンの身体は満足に動かず……彼はとうとう体勢を崩し、仰向《あおむ》けに転がる。

足を引きずったヴェッヒャーが、ライエンのもとへとやってくる。

「私は魔王軍幹部——ヴェッヒャー！　こんなところで止まるわけにはいかんのだよ」

「くっ……」

「まったく……手こずらせてくれたな。だがおまえの能力ではここまでだ……今芽を潰すことができた幸運を喜ぶべきか」

「ライエンッ!!」

ヴェッヒャーが拳を振り上げ、トドメをさそうとする。

そこにやってきたのは、後ろで援護に徹していたはずのイライザとスゥだ。

イライザは水魔法で応戦しようとしたが、いかんせん全ての力が違いすぎる。

「──あっ、ぐはっ!?」

彼女はワンツーの一発で沈み、吹っ飛ばされる。

続いてスゥも、一撃で意識を刈りとられる。

「まったく……つまらん邪魔が入ったな」

再び、ヴェッヒャーが拳を振り上げる。

ライエンへと叩きつけるべく、ライエンにだけ意識が向いたその瞬間。

「これで……終わりだっ！」

「くっ……ふふふっ」

「何がおかしい？」

突然笑い出したライエン。

それを見て訝《いぶか》しむ様子のヴェッヒャーは、そのまま拳を振り下ろす。

「終わりなのは、君の方だ——いけ、アッシュ！」

「俺に命令——すんじゃねぇっ！」

大気を震わせるほどの、魔力と魔力のぶつかり合い。

ヴェッヒャーが一撃を放つタイミングに合わせ——仲間たちが稼いでくれた時間を使い、アッシュは必殺の魔法を放った。

「食らいやがれ——三極覇王弾ッ！」


時は、アッシュがミミと共にダンジョンに潜っていた頃にまで遡る。

遅延の魔法を手に入れ、その使い道に迷っていた時のことだ。

アッシュの脳裏に、ある考えが浮かんだ。

（遅延《ディレイ》による魔法の連続起動……これを極大魔法でやれば、どうだ？）

アッシュが手に入れた念願の遅延の魔法。

そこにはある可能性が秘められていた。

それはアッシュがミミとの冒険の道中に思いついた、三つの魔法の合体だ。

遅延の魔法は、魔法の動きを止め、滞留させることができる。

アッシュが使える最強の攻撃手段とは、焦土炎熱《マーズディザスター》と氷結地獄《コキュートス》を合体させ、お互いに対消滅を行うことで生み出した純粋なエネルギーを打ち出す、極覇魔力弾だ。

これに、遅延で滞留させた新たな極大魔法を組み合わせることで生まれる可能性。

今までは不可能だった極大魔法の三重起動。

だが新たな技を開発するのは、並大抵の苦労ではないこと。

当然ながら、アッシュは失敗を繰り返した。

「ここで極覇魔力弾を――って、うおっ!?」

魔法を滞留させた状態で、極覇魔力弾を生み出し、二つを掛け合わそうとしたところ、互いにぶつかり合い、暴発してしまったり。

「よしよし、これで……あれ？」

それなら三つの魔法を同時に滞留させ、そのまま三つを一気に合成してしまえばどうだとやってみると、なぜか反発しあって明後日の方向に飛んでいってしまったり……。

アッシュは色々と試行錯誤しながら、なんとかして三つの魔法を合成させることはできないかと試していく。

これがダメならこっちはどうだ、とすぐに次に試すアイデアが湧いてくるのは、以前極覇魔力弾を作成した時の経験が活きている。

結果として、極覇魔力弾を生み出し、そこに新たな魔法を入れ、強引に合成させることは不可能であることがわかった。

三つの魔法を強引に入れ込もうとすると、どう足掻いても失敗に終わってしまうのだ。

なのでアッシュは、根本的な考え方を変えることにした。

彼は三つの魔法を合成させる魔法を生み出すのではなく……それぞれ別に作った二つの魔法

を二重に合成させる形を取ってみることにしたのだ。

これが上手くハマってくれたおかげで、魔法開発は一気に前進することになる。

そこから先をスムーズに進めることができたのは、やっていることが既に発動可能な極覇魔力弾と同じだったからだ。

具体的な工程は以下の３ステップになる。

まず最初に、極覇魔力弾を生み出す。

そして次に極覇魔力弾に遅延をかけて滞留させてから、大地讃頌《ジ・アース》二つを合成する。

最後に、合成した二つの魔法同士を組み合わせ、新たな魔法を生み出す。

不思議なことに、風魔法の極大魔法である花鳥風月《シムルグ》は上手いこと合成させることができなかった。

多分だが、属性ごとの相性のようなものがあるのだろうと、アッシュは考えている。

こうしてアッシュはダンジョン内の湖を干上がらせるほどに大量の極大魔法を使いながら、なんとかして新たな魔法を生み出した。

そうしてアッシュが編み出した技こそが――合計四つ分の極大魔法のエネルギーを込めた新たな必殺技、三極覇王弾である！

「――ちっ！」

完全に意識の埒外《らちがい》からやってきた一撃。

ライエンへと放った右ストレートを止めても、右手での防御は間に合わない。

一瞬のうちにそう判断したヴェッヒャーが取った選択肢は、左半身による防御であった。

彼はライエンの方へ警戒することを止め、完全にアッシュの放った一撃へと意識を向ける。

極大魔法の対消滅により生み出された極覇魔力弾。

純粋なエネルギーの塊であるその一撃は、不思議なことに周囲の魔法を取り込み、己のエネルギーへと変換する性質を持っていた。

そこへ新たな極大魔法二つ分の魔法を混ぜ合わせることで生み出された、三極覇王弾。

その見た目は、遺伝子の二重螺旋構造によく似ていた。

紫色の光と、橙色《だいだいいろ》の光。

二色の輝きが互いを追い抜き、追い越そうと競い合っている。

ぐるぐると回転しながらその勢いを増していく攻撃が、加速を続けながら、ヴェッヒャーへと襲いかかる。

「ぐ……うおおおおおおっっ!?」

ヴェッヒャーの拳と、迸る光がぶつかり合う。

拳は、既に痛みを感じていなかった。

代わりに感じるのは熱さだ。

ただただ熱く、拳の皮膚がめくれ、骨が剥き出しになっていく中で、その熱さすらも麻痺《まひ》していく。

激突の余波によって全身に絶え間なく降り注ぐ、魔力の欠片《かけら》の方が痛いというのは、明らかに異常だった。

質量を伴った魔力はその暴威を遺憾なく発揮させ、ヴェッヒャーにダメージを蓄積させていく。


魔力それ自体に威力を持たせる。

その攻撃手段は、アッシュが人生で最も使ってきた魔法である魔法の弾丸とその仕組みを同じくしている。

故にアッシュの異常なまでに高まった知力と、魔力攻撃の練度により、その一撃の威力は極覇魔力弾と比べものにならないほどに高い。

その威力は、ヴェッヒャーの防御力を優に超えていた。

「おおおおおおっっ!?」

左手を前に出し、攻撃を受け止めようとするヴェッヒャーの腕に、ピシピシと亀裂が入っていく。

全身の肌が裂け、そこから血が噴き出していくが、それでも魔法の勢いは止まることがない。

ヴェッヒャーは咄嗟に己の身体に魔力を纏わせる。

窮地で新たな力に覚醒し、ほんの少しの間希望が見えた彼だったが、それはすぐに絶望に塗りつぶされることになる。

魔力による肉体のコーティングは焼け石に水程度の効果しか発揮することはなく、一瞬で魔

力が剥《は》がされ、熱さが襲いかかってくる。

迸る魔力は絶え間なくヴェッヒャーの肉体を苛んでいく。

今まで自身が味わったことのないほどの責め苦に、ヴェッヒャーはそのまま意識を手放した。

ライエンの『最後の勇気』を食らい、なんとか踏みとどまっていたヴェッヒャーの身体は、とうとう限界を迎えることとなったのだ——。

「はあっ、はあっ、はあっ……」


アッシュは息を荒らげながらも、なんとかその場に立ち続けていた。

といっても、膝《ひざ》に手を当てながらなんとか立っていられている状態だ。

ここから再度白兵戦をしろと言われてもできる気がしない。

激しい戦闘が続いたことで、既に気力、体力共に限界に近い。

『与ダメージ比例MP回復』があったおかげでMP枯渇状態になることこそなかったものの、回復しては魔法を使いという連続によって集中力を使いすぎた。

スゥに回復魔法を使ってもらっているおかげで肉体的な怪我はないが、精神的な疲れは相当なものだ。

頭の中はもやがかかったようになっていて、何かを考えるのも億劫になってしまいそうだった。

極大魔法を四つと遅延を同時に使い、更にそれを魔力によって合成する三極覇王弾。

紛《まぎ》れもなく、今の自分が出せる全力。

煙が晴れ、砂で塗りつぶされていた世界が露わになっていく。

そこにあったのは……。


「――おいおい、すごいな魔王軍幹部。俺とライエンでこんだけ痛めつけても、まだ死んでないのかよ」

そこにあったのは、地面に倒れ伏しながらもこちらを睨みつける、ヴェッヒャーの姿だった。

既に肉体が限界を迎えているからか、その身体は出会った時と同じようなひょろひょろ体型に戻っている。

死に体ではある。

だがまだ死んではいない。

そのタフネスには、さすがに笑えてきてしまう。

「アッシュ……もうちょっと、やりようがあったんじゃないか？」

そして煙の中からもう一人の人物――至近距離で三極覇王弾の余波を食らったライエンが現れる。

驚いたことに、彼はピンピンしている。

身体に着けていた鎧はところどころが弾け飛び、落ち武者のようになっている。

装備はボロボロだが、肉体の方に傷は見えない。

「いや、お前なら殺しても死なないだろうと思って」

「……さすがに僕の扱いが雑じゃないかな？　僕だって殺したら死ぬよ」

「まあ、完全に注意を引きつけてもらう必要があったとはいえ、たしかにやりすぎた部分はある。正直、スマンかった」

「それじゃあ……貸し一つってことで」

「なるべく早く返すタイミングを作ってくれよ。主人公に貸しがあるとか、考えるだけでぞっとする」

「主人公、か……それを言うなら、アッシュだって……」

二人とも傷こそないものの、満身創痍《まんしんそうい》な状態だ。

けれど二人はその闘志を燃やしたまま、横に並んで進み続ける。

無駄話こそしているが、当然ながらその視線は、ヴェッヒャーから外してはいない。

「ぐ、ぐぐ、なぜ、こんなことに……」

ヴェッヒャーは周囲の魔物たちの成れの果てを見てから、そのまま割られた魔物培養用のポッドへ視線を移す。

自らが築き上げてきた物の残骸を見るヴェッヒャーは、魂が抜けたように茫然自失《ぼうぜんじしつ》の状態となっていた。

彼は最後に、アッシュたちを見る。

その瞬間、彼に再び感情の色が差した。

憎々しげに二人を睨むその顔からは、隠しきれぬほどの怒りが溢れ出している。

「き、さま、ら、は……」

だが怒りはすぐに困惑に変わり、最後には冷静な思考がそれに取って代わった。

自らの死期を悟ったからか、ヴェッヒャーは戦闘前のようなクレバーさを取り戻す。

彼の脳が高速で回転する。

いずれ来たるべきあれのタイミングで解放するべく育ててきた魔物たち。

長いこと力を蓄えてきた自分がその真価を発揮するよりも早く、ここで名も知らぬような少年たちに潰されてしまう。

そんなことが、果たして偶然に起こるものなのだろうか？

ここは『始まりの洞窟』と繋がっている。

初心者の冒険者がここへの道を見つけることは不可能であり、また実力者はそもそもこんなダンジョンに入ってこない。

ラボがこんなタイミングで、見つかるはずがない。

条件に合った場所を選んだのだから。

ここが発見される可能性など、万に一つ……奇跡のような偶然でも起こらない限り、ありえないはず。

「貴様らは、一体……」

未だ人生経験が多くない少年にはあまりに不釣り合いな戦闘能力。

そんな奴らがここに来るという偶然。

いや、そこまで偶然が重なれば、最早《もはや》それは必然、なのか？

だが当然、そんなことを認めるわけにはいかない。

自分は『白衣の死神』ヴェッヒャー。

そんなこと、認める、わけには――。

「貴様らは一体――何者なのだ!?」

ヴェッヒャーが顔を上げれば、そこには剣を手に持った二人の少年の姿がある。

左側の灰色の髪をした少年は不敵に笑い、そして右側にいる赤髪の少年は瞳に炎を宿していた。

「そんなの――」

「決まってる――」

少年たち――アッシュとライエンは、剣を振り上げる。

そして……。

「「――主人公だ！」」

ヴェッヒャーの意識はそこで途絶え、そのまま二度と目覚めることはなかった――。

「終わった、のか……？」

アッシュは振り下ろした剣を下げ、目の前にいる男の姿を見つめる。

『白衣の死神』ヴェッヒャー。

勇者覚醒イベントのためにアッシュを殺すことになる、魔王軍幹部が一人。

アッシュたちにトドメをさされたヴェッヒャーは、一度大きく目を見開き、虚空に手を伸ばしてから……そのまま目を瞑り、完全に活動を止めていた。

強力な魔物であるヴェッヒャーを倒したことで、アッシュのレベルが上がる。

肉体の感覚が鋭敏になり、身体の内側から力が湧いてきた。

だがそれでも、アッシュは目の前の現実を完全に信じ切ることができなかった。

なので彼は骸となったヴェッヒャーに、魔法の弾丸を打ち込んでみる。

当然ながら反応はなく、魔法はヴェッヒャーの死体を容易く貫通し、そのまま床のタイルを割り砕く。

「死体撃ちは、あまり褒められたものじゃないと思うけど」

「もしかしたら死んだっていう幻覚を見せられてるのかもしれないだろ」

「ものすごい念の入れようだね……レベルも上がったし、そこまで手の込んだ幻覚なんかありえないと思うけど」

「そうか、そうだよな。それじゃあ本当に……終わった、のか……」

先ほどと同じ言葉を、もう一度呟く。

最初は呆けたように口にした言葉を、たしかな実感を込めて繰り返す。

「は、はは……」

徐々に、意識が現実に追いついてきた。

（とうとう、やったのか）

このゲーム世界に転生してから、アッシュが必死になって頑張ってきた理由。

――己の死亡フラグを乗り越え、運命をねじ伏せる。

アッシュはとうとう負けイベントを乗り越え、死の運命を克服してみせた。

自分一人では勝つことはできなかったかもしれないが、こうしてライエンたちと共に戦うことで、なんとか勝利を収めることができたのだ。

シリウスと戦った時も、そうだった。

アッシュ一人では、今の彼を相手にして勝つことは不可能だった。

シルキィとナターシャ、二人の師が手を貸してくれたおかげでなんとか勝てた。

思えば、アッシュが一人で最強を目指そうとしていた期間は短かった。

彼はいつだって、誰かに助けられてきた。

自分一人でなんとかできたことの方が少ないのだ。

そのあたりは、今後の課題だろう。

「今後の課題、か……ふふふふ……あっはっはっは！」

今後について考えることができる。

アッシュがライエン覚醒イベントなどというふざけた負けイベで死ぬことはもうないのだ。

視界が色づき、世界が美しさを取り戻していく。

今まで狭くセピア色だった景色が、一気に花開いたような気分だった。

これからアッシュが生きてゆくのは、未来の世界だ。

今までとは違い、この世界をなんの気兼ねもなく自由に飛び回ることができる。

「な、なんか笑ってるぞ……気持ち悪っ」

「ふふ……まあでも気持ちは、わからなくもないですけどね」

後ろで聞こえてくる女子たちの言葉も、今のアッシュにとっては雑音と同義だ。

アッシュは強くなった。

そして強くなった彼は、己の運命をねじ伏せてみせた。

けれど……。

「はははははっ！」

最強への道程は、未だ道半ば。

レベル差はそれほどないにもかかわらず、シルキィとナターシャの背は未だ見えてこない。

まだまだ成長途中のライエンに負けないようにするためにも、師匠たちを超えるためにも、より一層精進する必要があるだろう。

こうしてアッシュは勇者であるライエンと共に、魔王軍幹部を倒すことに成功した。

死の運命をねじ伏せて上機嫌な彼は、気付いてはいなかった。

アッシュという人間が、最早人間と魔物のどちらの勢力からも、無視し得ないほど大きな存在となっていることに。

自分にライエンに勝るとも劣らないほどに熱狂的な視線が、注がれているということに……。

エピローグ

　そこは、ほの暗い洞穴だった。

　凶悪な魔物が多数生息する、魔王領エルゼキア。魔王が君臨し支配している場所の中でも最も危険なその場所は、今なお天然の要害として、あらゆる侵入者を防ぐ役目を果たしている。

　そんなエルゼキアの潜まった場所に、一つの洞穴があった。

　その入り口は巧妙にカモフラージュがなされており、一見するとただの石壁にしか見えない。

　壁の下にある板をとある規則性で叩いて石壁をスライドさせない限り、その姿が露わになることはない。更に万が一にも存在に気付かれぬよう、巧妙な魔力的な隠蔽が施されているほどの徹底ぶりだ。誰もやってこない場所に、誰にも気付かれないだけの仕掛けを施したその場所は、正しく密談をするにはもってこいの場所だった。

　洞穴の中は、掘削され、広いスペースが取られている。

　そこにあるのは、翡翠を削られて作られた長テーブルと、大理石でできた椅子。

　床にはリノリウムが敷き詰められており、その上に真っ赤な絨毯《じゅうたん》がかけられていた。

　内側は魔力を吸うことで発光する暗光苔に照らされ、常夜灯程度の明るさがあった。

　緑の光に照らされる洞穴は薄暗く、そしてジメジメとしていて湿っぽい。

　結露して濡《ぬ》れているテーブルの前には、いくつもの影があった。

「ヴェッヒャーがやられたか……」

そう呟くのは、フードを被った魔物だ。隣の魔物も、更にその隣の魔物も、皆一様に己の身体と顔を隠すフード付きのローブにその身を包んでいる。

このローブは魔王が開発した、魔物を人型に変形させる魔道具。

彼らはこれを用い、人間と接触を持ち、時に暗躍し、また時に力を解放してきた。

彼ら魔王軍幹部は、魔王に気に入られ、その血を取り込むことで力を分け与えられた存在だ。魔王の血という非常に強力な魔力媒体で繋がっている彼らは、魔力的にも繋がりを持っている。

そのため彼らには、同じ魔王軍幹部に起きた異常を、ある程度感じ取ることができる。

「シリウスに続いてヴェッヒャーまで……こうも連続してことが起こるはずがない」

「もしかして僕らの中に裏切り者とか……」

「……（ぎろり）」

「ひぇっ‼　なんでもありません、すいませんっした！」

調子が良さそうな魔物がペコペコと頭を下げる。

その軽い様子に何体かが不快そうな顔をしたが、リーダー格と思しき魔物はこう続けた。

「こうも訃報が続くとなると、警戒をする必要がある。我々は少し、人間共を甘く見すぎていたのかもしれない」

「たしかに魔物や魔人たちを大胆に浸透させせすぎたかもしれませんね」

「得られたものも多いのだから、別にいいのではないか？」

「何にせよ警戒は必要だ。特に初見では倒すことが困難であるシリウスがやられたということからも、人間側にはかなりの手練れが存在すると考えた方がいい」

そう言うとリーダーの魔物が、パチリと指を鳴らす。するとそこに、あるメッセージが浮かび上がる。それは死に際にヴェッヒャーが魔道具によって送ってきた短文だった。

魔力の信号である魔信は未だ発展途中の技術であり、送ることができる文字は極めて少ない。そのため通常は、事前に決めている符丁を用いてやりとりをすることが多い。

けれどヴェッヒャーは、事前に決めていた符丁ではないメッセージを送ってきた。

その内容とは……。

『勇者』

浮かび上がった文字を見た魔物たち。沸き上がる感情は多種多様だ。怒りに肩を震わせている者、好奇心を隠そうとしていない者、なぜか艶《つや》っぽい息をこぼす者。彼らに共通して言えることは……今回ヴェッヒャーたちを倒した相手へ、並々ならぬ思いを抱えているということだ。

「シリウスとヴェッヒャーを倒した者こそが――神託の勇者に違いない。急ぎ情報を集めなくては。そして魔王様にその牙が届く前に……我らがその芽を摘む必要があるだろう」

当然ながらその場にいる者たちに、それが勘違いであることを指摘できる者などおらず。

「場合によっては……人間界への侵攻を、早める必要があるかもしれぬ」

結果としてアッシュは、更なる激動の日々に巻き込まれていくことになる――。

プロローグ

『始まりの洞窟』での死闘を終え、転移魔法陣を使い外に出てきたアッシュは、非常に機嫌が良かった。

「うーん、太陽が黄色いなぁ！」

「そうかな？　夕暮れ時には、まだ早いと思うけど」

「二人はなんでそんなに元気なんだ……」

「身体の怪我は治せても、精神的な疲労は治せないですぅ……」

心身共に疲れ、げんなりした様子のイライザとスゥに対し、アッシュとライエンはまだどこか余裕がある様子だった。

もちろんアッシュが元気なのは、これから先自分はびくびく怯《おび》えるようなこともなく、自由に生きていくことができるからだ。

ライエンが楽しそうな理由については皆目見当もつかなかったが、それについても今は気にならない。

今のアッシュは世の中はバラ色だとばかりに、頭の中がハッピーでお花畑な状態になっている。

ちょっとトリップすらきめてそうな勢いに女性陣はドン引きしていたが、もちろんそれもまったく気になどならない。

「さぁて、これからどうしようかなぁ！」

「時間的にはまだ早いから、学院に報告しに行った方がいいんじゃないかな？」

放課後に学院生が『始まりの洞窟』に詰めかけ、新人冒険者たちが困ってしまわぬよう、魔法学院ではダンジョンでの探索を行う場合、授業を休んでも欠席扱いにならないとあらかじめ決められている。

そのため本来なら授業中の今も、彼らは問題なく外を歩き回ることができるようになっているのだ。

「私はここで、帰らせてもらう。今日は早退して、急ぎクソお……父上に報告しに行かなくては」

「あ、私も一旦お義父様に連絡を入れなくちゃいけないので、学院には行けません」

「それなら……僕もイライザについていこう。陛下とは一度話もしておきたかったし。どうだい、良ければアッシュも一緒に……」

「嫌だね！　だって俺は自由な旅人だから！　俺は誰にも縛られず、学院に戻るんだ！」

「意味がわからん……」

「それだと学院に縛られているのでは……？」

たしかに本来であれば、魔王軍の幹部を倒したというのは今すぐに伝えなければならないほど大切な情報だ。

というわけでアッシュを除いた三人は、そそくさと報告をしに駆け足で去っていってしまった。

勝利の余韻に浸る暇もなく、忙しいことだ。

アッシュは一人でいることに少しだけ寂しさを感じ、足下の石ころを蹴っ飛ばす。

「……学院に、戻るか」

一人ですることもなくなったアッシュは、いつものようにフケることなく、学院へと戻ることにした。

本人はまったくの無意識だったが、戻る一番の理由はとある少女の顔を拝むためだ。

死というものを身近に感じたからこそ、アッシュは自分でも意識しないうちに、学院へと歩を進めていた。

そして学院に戻ってきた彼は、その目で見ることになる。

自分が会いたいと思っていた少女——メルシィが学院生に虐げられている、その瞬間を。


「もう一度…………もう一度言ってご覧なさい！」

一人の少女の激昂が、校舎全体を震わすほどに大きく響き渡った。

ここは魔法を学び、一人前の魔法使いを育成することを目的に設立された、ユークトヴァニア魔法学院。

王国全土から魔法の才のある貴族の子を集めたエリートの集まる場所だ。

しかし廊下に響き渡るほどのその大声は、そんな高貴な雰囲気に似合わぬ、まったく余裕のないものだった。

「私のことはいいの。でも、それでも……父上をバカにすることだけは許さないっ！　そこに直りなさい、セシリア!!」

その少女は右手には扇を、そして左手には杖を持っていた。

仕立ての良い真っ白な服は、肌の白さと相まって純真なイメージを与えてくれる。

流れるような金糸の髪はくるくるとカールになっていて、ラピスラズリの瞳を一層際立たせる。

彼女の瞳はつり上がり、口の端はプルプルと震えていた。

「ひっ!?」

「まぁまぁ、そうビビるなって。所詮は落ちた令嬢、パパの後ろ盾がなけりゃただの高飛車な娘っ子さ」

彼女に視線で射貫かれた女生徒が、思わず声を上げる。

だが女生徒の脇にいた男子生徒たちは、変わらずへらへらと笑っていた。

その態度と言葉からも、彼らが目の前の少女をバカにしているのは明らかだ。

怒鳴られたセシリアが顔を手で覆う。

隠れる寸前の彼女の顔に浮かぶのは、明らかに人の悪い笑みだった。

怒気を発しながら彼らに相対している少女は、その名をメルシィ＝ウィンドという。

王国宰相に二度も任じられたことのある、由緒正しきウィンド公爵家の嫡子だ。

彼女は今とある事情から、皆から軽んじられるようになっていた。

父であるウィンド公爵の汚職が発覚したのだ。

だがそれ自体は、そこまで大きな問題ではない。

大貴族であれば多少の差異はあれど、誰も似たようなことはしている。

今回の場合はウィンド公爵のそれが、たまたま表沙汰になってしまったというだけのことだ。

その証拠に今回の国王陛下から言い渡された処遇は、いくらかの罰金と自宅での蟄居のみ。

御家を取り潰しになるような大事にはなっていない。

しかし全寮制で閉鎖的な魔法学院では、そういった些細な出来事が噂として広がり、拡大解釈をされながら皆の話題のタネになり、面白がるための材料にされた。

その事件以降、以前メルシィの周りにいた取り巻きたちはその数を大きく減らした。

彼女のことを馬鹿にするような陰口が叩かれることも増えた。

メルシィはそれくらいなら構わないと、問いただすような真似はしてこなかった。

しかし目の前で自分の父を悪し様に罵《ののし》られれば、話は別だ。

セシリアは以前からかわいがっていた、公爵家の寄子のとある子爵家の娘だった。

見知っていた相手だからこそ、彼女の発言は看過できない。

だがどうやら肉親をバカにされ激昂したメルシィの態度すら、周囲の者たちには話題提供程度にしか見えていないらしい。

「で、どうするんだ？　セシリアは謝りたくないってよ」

「謝れ！　頭を垂れ、這《は》いつくばって、泣きながら父上へ土下座しろ！」

「平行線だな。魔法学園で互いの主義主張が対立した時は――」

「「「魔法決闘《マジック・デュエル》だ！」」」

周りにいる生徒たちが、決闘だ決闘だとはやし立て始める。

魔法学院には、今はもう廃れて長い決闘の文化が未だに存在する。

もっとも決闘と言っても、以前のように騎士たちが剣技で己を通すものではない。

魔法使いが互いに魔法をぶつけ合い、どちらが優れた魔法使いであるかを決める決闘――魔法決闘へとその形は変わっている。

この魔法決闘が行われることは滅多にない。

メルシィが記憶していたところによると、直近で行われたのも三年ほど前、文化祭の出し物について議論が白熱して行われたのが最後だったはずだ。

怪我をすることも少なくないし、下手をすれば嫁に行く前に珠《たま》の肌に傷がつく可能性もある。

そもそもの話、決闘など良家の子女がするようなものではない。

けれど……。

「――それに勝ったら、謝ってもらえるのですね？」

「ああもちろんだとも」

元々激情家のきらいのあった彼女は、その決闘の申し出を受けてしまう。

「セシリア嬢はか弱い女の子だ、当然だがこっちは代理人を立てさせてもらうぜ——おいっ、ランドルフ！」

「はいはい、僕はこういうのはあんまり好きじゃないんだけどね」

生徒たちの壁を割るように出てきたのは、ランドルフ＝ビッケンシュタイン。

伯爵家の三男であり、本来なら家を追い出されるところを魔法の才能で覆した天才だ。

学校の成績は上から三番目で、既に軍役の経験もあると聞く。

彼の口ぶりからしても、これが事前から準備してあったことは明らか。

つまりこれら一連の出来事は、自分を狙い撃ちして仕組まれたこと。

メルシィという公爵家令嬢を、皆の目の前で叩きのめそうと行われる見世物が今から始まろうとしているのだ。

「無論そちら側もか弱い公爵令嬢です、代理人を立てたいというのなら認めましょう」

メルシィの代理人をしてくれる実力者がいないことなどわかっているはずだ。

その全てを理解した上で、セシリアの隣にいる男子生徒は笑う。

自分が企んだことがうまくいったときに人が見せる、薄暗く陰のある笑い方だ。

メルシィは周りの人間に見えぬよう、小さく拳を握った。

公爵家の人間として育てられてきた彼女に、人前で流す涙などというものは存在しない。

故にどれだけ酷い目に遭わされようと、辱めを受けようと、心の内は決して表には出してはいけないのだ。

けれど先ほど父を馬鹿にされたことにより、その教えを破ってしまった。

怒りからか恥ずかしさからか、それともこんな目に遭わされる悲しみからか。

久しく感じていなかったいくつもの感情が一気に溢れ出す。

今すぐにでも人目のないところへ行ってしまいたくなる気持ちを、グッとこらえた。

今の彼女にできることは、耐えることだけだった。

一度崩れた仮面は、そう簡単には修復できない。

気が付けば彼女は、無意識のうちに地べたに座ってしまっていた。

既に学園の中に、私の味方はいない。

だって私は家の権勢をほしいままに振るっていた、落ちた公爵令嬢としか思われていないのだから。

「まぁ、今のあなたの側に立ってくれるような奇特な人物でもいれば――――」

「はいはーい！　俺立候補しまーす！」

ざわっ、と生徒たちが色めき立つ。

一体どこのバカが手を上げたのだと、皆の視線が人混みの中でピンと上げられている腕へと集まる。

そこにいたのは――――灰色の髪をした一人の少年だった。

誰だあいつは、などという声は上がらない。

良くも悪くも、彼は学園の有名人のうちの一人だったからだ。

彼の名はアッシュ――姓を持たぬ平民でありながら、魔法学院へ入学した秀才。

だが現在学院に二人いる平民について語る場合、彼は所謂《いわゆる》「じゃない」方として語られることの方が圧倒的に多かった。

もう一人いる平民の名はライエン。

平民でありながら溢れる魔法の才能から、なんと王から直接入学の推薦を受けた、特待生であり成績ナンバーワンの超絶エリートだ。

同級生である第一王女イライザからも才を褒められたライエンの陰に隠れ、アッシュについて語られることはほとんどない。

その素行の悪さや度々授業を抜け出す態度の悪さから、これだから平民は……などという平民蔑視《べっし》のやり玉に上げられる時にしか名前の出てこない生徒だ。

「バッカじゃねぇのお前ら。もう一回言うよ、バッッッッッッッカじゃねぇの！」

アッシュは膝から崩れ落ち、女の子座りで廊下にへたり込んでいたメルシィを庇《かば》うように前に立った。

彼はポケットから手を出して、こうジェスチャーした。

お前ら頭が、くるくるぱー。

それに激昂する生徒たちを煽《あお》るだけ煽り、続きは決闘でと強引に話を打ち切る。

彼はそのままにぱっと笑って、後ろにいるメルシィの方を向く。

だがその瞬間、今生徒たちに喧嘩《けんか》を売った人と同一人物とは思えないほどに、彼の挙動は不審なものに変わった。

「だ……大丈夫だった？　ごめん、ホントならこんなことになる前に助けられ……いやでも、まさかこんな短慮に出るだなんて思うはずが……」

後ろを向いたは良いものの、メルシィの目を見て話すことができずに視線は彼女の手首から足先までをふらふらとさまよっている。

そして何故か顔を真っ赤にしたかと思うと、ぶつぶつと意味がわからない言葉を話し始めた。

やっぱりこの人は、変な人だなぁと内心で失礼なことを考えるメルシィ。

モ――アッシュさんは会った時から、何も変わらないまま。

彼はやっぱり、強いけど……変な人なのだ。

「あ、あのっ！」

「わっ、わひゃいっ！　なななななんでしょう!?」

「どうして……？」

どうして、私を助けたの？

どうして、私の側へ来てくれるの？

どうして、生徒たちに喧嘩を売るの？

それにどうして……そんなに挙動不審なの？

様々な意味を含んだ質問を受け、彼女の瞳に宿る複雑な色を見て取ってから、アッシュはうむむと唸った。

まるで二人以外に他の誰もいないかのような態度で、彼は頭を悩ませている。

周囲も取り合うのが馬鹿らしくなったのか、先ほどまであった喧噪はすっぱりと止んでしまっている。

「それは俺が……」

「あなたが……？」

「俺が……君を助けるためにこの世界にやってきたから、かな？」

「なっ、えっ……っ!!」

それって告白、というかプロポーズでは……とメルシィの頭は一瞬で沸騰する。

そういったアピールに対して慣れていないからか、彼女は顔を真っ赤にしながら俯かせてしまう。

だが不思議なことに、キザったらしいセリフを吐いたアッシュもまた顔を赤く染めてそっぽを向いていた。

周囲の人間はどうやらアッシュが懸想してるらしいぞと、彼のことをはやし立て始めた。

二人をバカにするような雰囲気の中、恐らくはアッシュと戦うことになるランドルフだけが彼のことをじっと見つめ静止している。

自分が戦うことになる相手を、じっくりと観察しているのだろう。

「これは忠告だけど、過ぎた思いは身を滅ぼすよ。殺しはしないが、止めておいた方が身のためだ」

「……ははっ、その言葉そっくりお前に返す。行こうぜ、ボコボコにしてやるからよ！　もう俺を縛るフラグはない、ここから俺は自由に生きる！　お前程度のモブに時間はかけてられないわけ」

アッシュは周囲の人間には何を言っているかさっぱりわからない言葉を連発していた。

だが周りに伝わらないのは当然のことだ。

何故なら彼が今語っているのは全て――前世で彼がやっていたゲームに関する話なのだから。

「うっし、やるか」

「……いいだろう、どうなっても知らないからね」

移動した闘技場でアッシュの向かいにいるのは、ランドルフという学院生の一人だ。

成績はたしかライエンとイライザに次ぐ三番手で、なかなかの実力者だったはず。

ただ実力者といっても、所詮は学院の中だけでの話だ。

学院の枠に囚われないアッシュの敵ではない。

「やれー！　公爵令嬢の鼻を明かしてやるんだ！」

「気にくわない庶民なんかぶっ倒せ！」

「が、がんばれー……」

基本的にはアッシュとメルシィへの罵詈雑言ばかりだったが、人間の限界を超えた聴力を持つアッシュには、その中に隠れてしまっていたメルシィの応援の声を聞き取ることができた。

（メルシィからの声援があれば、俺はいくらでも頑張れる！）

アッシュは闘志をみなぎらせながら、魔法決闘《マジック・デュエル》が始まるのを待った。

魔法決闘のルールは簡単だ。

両者が指定されたステージ上で魔法をぶつけ合い、気絶するか吹っ飛ばされた方の負け。

制限時間を過ぎても試合が終わらなかった場合は、足下に引かれている線を参照して判定で勝者を決める。

魔法決闘だと、魔法剣士であるアッシュの力の半分が封じられたようなものだったが、既にレベルも50に近い今のアッシュからすれば関係ない。

彼は野次を飛ばすたくさんの生徒たちを見回して、それから自分のことを見つめているメルシィへ目をやった。

彼女は心配はしていないようで、毅然とした顔で自分の方を見つめている。

やりすぎないようにという彼女の思いが、言葉にせずとも伝わってくる。

諾意を示すためにぺこりと軽く頷いてから、相手のモブへと向き直る。

「「「試合開始！」」」

思い返すと、実戦ではない試合を誰かとするのは、ずいぶんと久しぶりな気がした。

よくよく考えてみると、恐らく三年近く前のライエンと初めて戦った武闘会以来かもしれない。

なんだか懐かしい気持ちになりながら、魔法を発動させようとするランドルフへ右手を向ける。

「風魔法の弾丸《ウインド・ブリット》」

ほぼノータイムで、風魔法を付与した弾丸が発射される。

レベルも上がりますます増した知力により凄まじいスピードで飛んでいく弾丸が、風の後押しにより更に弾速を増す。

そしてランドルフが魔法を発動し終えるよりも早く、彼の腹部に当たった。

知力の上昇は、魔法の速度だけではなく威力の上昇をも意味する。

腹に当たった風魔法の弾丸はそのまま制服に着弾し、回転を加えながら更に前進。

ランドルフの腹部をぶち抜いて、後ろへと突き抜けていった。

弾はメルシィを笑っていた生徒の一人の頬をかすめる。

そして土壁に当たったところで、その勢いを止めた。

「……」

皆が皆、現実を飲み込めていなかった。

既にステージにはアッシュしか立ってはおらず、腹部から出血をしているランドルフは気絶をし、白目を剥きながら仰向けに倒れている。

試合の結果は誰が見ても明らかだったが、それを素直に受け取ることができずにいたのだ。

ランドルフを倒したのはアッシュという落ちこぼれであり、彼は今回貶《おとし》めるはずだったメルシィの代理人。

だがそんな唖然《あぜん》とする者たちの中で、動き出す者が二人いた。

あくびをしながらステージを下りたアッシュと、彼へ駆け寄っていくメルシィである。

「どう、俺強いでしょ?」

「……やりすぎです、もう」

メルシィはアッシュをたしなめようとしていたが、彼が怒っていた原因が自分を助けるためだとわかっているためか、その勢いは弱々しかった。

二人は、知り合ってから三年近い月日が流れているにもかかわらず、全くと言っていいほどに仲が進展していなかった。

アッシュは自分のような落ちこぼれが関われば、メルシィの体裁が悪くなるからと思い、自分からは話しかけなかった。

たまに遠くからメルシィを眺めて、元気をもらっていた程度だ。

メルシィは彼と何を話せばいいのか、考えあぐね、結局行動に移せなかった。

アッシュのアドバイスで公爵家の危機をどうにかすることができたが、そのお礼すら言えずじまいのままだったのだ。

簡潔に言ってしまえば、二人ともが極度の奥手だった。

仲は進展するどころか、下手をすれば前より後退しているかもしれない。

正直なところ、今回このようなアッシュが前に出ざるを得ないイベントが起こらなければ、卒業するまでに話すらできてはいなかっただろう。

「アッシュさんは……」

「うん、なに？」

「やっぱり強い人、だと思いますわ」

「そうかな……？」

アッシュという人間は、相変わらず自己評価の低い男だった。

彼は前世の知識を持っている人間なら、自分と同じことくらいはできると、当然のように思っている。

自分のやり方はかなり下手くそだと思っているし、もう少しやり方があったのではと反省ばかりの毎日だった。

だがメルシィからすれば、アッシュは自分が目指すべき憧れに近かった。

あれだけの強さを、彼は自分と同じ年齢で手に入れている。

それもライエンのような固有スキルの力ではなく、完全に彼自身の力だけでだ。

アッシュはいったい、どれだけの困難を乗り越えてその場所へ至ったのか。

メルシィには想像することもできなかった。

学院の特待生について話をする時、ライエンの方がアッシュよりもはるかに人気は高い。

ライエンは眉目秀麗で品行方正。

対してアッシュはその真逆だ。

だがメルシィは世にも珍しい、アッシュ派の人間だった。

もちろん彼の強さを知っているから、というのもある。

スキルではなく己の力でライエンと激闘を繰り広げたあの武闘会年少の部の戦いは、今もなお彼女の脳裏に強く焼き付いている。

だが彼はそれだけ強くなったにもかかわらず、基本的には傲らずへりくだった態度を続けている。

態度自体は悪いけれど……高圧的になるのはさっきのように、誰かのために怒る時くらいだ。

だからメルシィは、できることならアッシュともっと仲良くなりたいと思っていた。

図らずもそこの部分に関しては、両者とも意見が一致していたのだ。

「じゃあ今から……喫茶店でも行く？　虎茶とか」

「まぁ！」

今まで一度も行ったことのない、一見さんお断りの会員制の高級喫茶だ。

思わずパンと手を叩いた彼女を見て、アッシュが少しだけ得意そうな顔をする。

「ちょっと縁があってね、あそこの店主には顔が利くんだ」

「そうですね、それじゃあ行きましょうか。早くしないと、ゆっくり楽しめませんもの」

「だね、さっさと行っちゃおう」

アッシュは自分の手を見て、それからメルシィの手を見て、両者を見比べてからそっと手を前に出した。

それは王国流の、あなたをエスコートしますというサイン。

メルシィは顔を真っ赤にするアッシュを見て笑いながら、自身も頬を少しだけ染めて彼の手に自分の手を乗せる。

彼女の視界の端には、アッシュの強さを間近で見て恐れおののいている生徒たちが見える。

その中には、自分の父を侮辱し決闘騒ぎを起こさせた、張本人のセシリアの姿もあった。

一度立ち止まり、約束通り謝らせようかと思ったが――やめておいた。

先ほどまでひどく落ち込んでいたはずの気持ちは、羽根のように軽かった。

メルシィは今の気持ちに、水を差したくはなかった。

どうせそう遠くないうちに、家にせっつかれて自分から謝りに来るはずだ。

その時がやってくるまでは、彼女には反省してもらうことにしよう。

自分の周りは敵ばかりだと思っていた。

自分の味方は一人もいないとばかり思っていた。

だがアッシュが助けてくれた。

隠していたはずの力を見せてまで。

メルシィはアッシュに連れられて、闘技場を後にする。

やってきた時とは正反対に、今の彼女の気持ちはとても晴れやかだった――。

アッシュは圧倒的なレベル差でもって、魔法決闘をぶち壊した。

基本的に今まで、自分の実力を誰かに見せるようなことはしてこなかった（もちろん武闘会の時にはっちゃけてしまったあれは例外だ）。

アッシュは強くなったという自負があるが、強さをひけらかそうなどと思ったことは、人生で一度もない。

彼にとって強くなることは、死なないために必要不可欠なことだった。

アッシュは必要に駆られて戦い続けてきた、ある種の不可抗力のようなものだ。

だがその力のおかげで、周囲に虐められ、困っているメルシィを助け出せたのだから。

だからきっと、自分が強くなってきたことには、意味があったのだ。


「二人でどこかに出掛けるなんて、なんていうか……デートみたいだよね」

「ふふっ、そうですね」

アッシュはもう何度も話しているものの、メルシィと上手く話すことができなかった。

推しが目の前にいて、普段通りに話せる人間はそうはいない。

心臓はバクバクで、鼓動は激しくなり、全力戦闘をしている時などよりも酸欠になってくる。

そして隣を歩くメルシィの方も、上手く話せる状態ではなかった。

彼女は別に人見知りというわけではないのだが……アッシュと話していると武闘会の時のモノのことを思い出してしまい、どうにも緊張してしまっていたのだ。

ついさっきも、助けてくれたその英雄的な行動と、モノの姿が重なり、ついかつての偽名の方で呼んでしまいそうになった。

（いけないいけない、アッシュさんに失礼なことなんかしてはいけないもの）

結果として自縄自縛に陥り、彼女の方も上手く話すことができなかった。

かたや推し、かたや憧れ。

抱える思いは違えど、互いのことを悪しからず思っているのは間違いない。

「……」

「……」

沈黙が続く。

けれど二人とも、気まずさは感じてはいなかった。

心地よい静けさ――ゆっくりと流れる二人の間の空気感は、決して悪いものではなかった。

唖然《あぜん》とする学院生たちの中を抜けて学院を抜け出した二人は、制服のまま王都の大通りを歩いていた。

ダンジョン探索が解禁されたおかげで、平日の日中から歩いていても、誰かに見咎められるようなこともない。

「なんだか悪いことしてる気分です」

そう言って、メルシィが笑う。

それは先ほど公爵令嬢としての仮面を剥がされてしまったが故に表に現れた、彼女の素顔。

その飾らなくて素朴な笑みに、アッシュの胸が高鳴った。

これ以上直視していられなくなり、彼はそのまま虎茶へと向かう。

「いらっしゃいませ……おおこれはこれは、お久しぶりです」

「マスターも元気そうで何より。テーブル席、いいかな？」

「おやおや、ふふふ……もちろん構いませんとも」

本来なら一見さんお断りであり、顔なじみの紹介がなければ入れないアッシュが何気なく入ることができるのには理由がある。

アッシュはリンドバーグ辺境伯の子飼い（という名目で）各地を飛び回っていた。

彼は基本的に、困っている人間がいれば自分のできる範囲で手を差し伸べるよう心がけていた。

そんな風に彼が助けた人の中に、虎茶のマスターがいたというわけだ。

「――という感じで、私はアッシュさんに助けてもらったのです。以後はお代はいただかず、好きな時に来てくれるように言ったのですが、最近はあまり来てはもらえておらず……」

「なるほど……」

アシストをしているつもりなのかアッシュが魔物から馬車を助け出した際のエピソードを、五割増しくらいに盛って話すマスター。メルシィは真剣に話を聞き、こくこくと頷いている。

自分の活躍を他人目線で話されることほど、気まずいものはない。

それが特に、自分が気になっている異性を相手にすれば尚のことである。

「アッシュさんはいつも、誰かを助けずにはいられないんですね」

「俺個人としては、そんなつもりはないんだけど……結果的には、そうなっちゃってるよね」

メルシィに微笑まれ、アッシュは言葉を失った。

俯きながらマスターになんとかメニューを告げ、気持ちを落ち着ける。

「私も助けられました。それも一度だけじゃなく、二度もです。もしかしたら……いやきっと、また助けてもらってしまうかも」

「……だって」

「え？」

「何度だって、助けるよ。だから困ったことがあれば、教えてほしい。俺にできることなら、なんでもするからさ」

「……はいっ！」

二人はお互いに視線を交わし、どちらからともなく噴き出した。

はにかみ合っている二人は、傍から見るとお似合いのカップルのようで。

その様子を側で見守っているマスターはにこやかな笑みを浮かべながら、頷いていた。

マスターが出す紅茶と生菓子に舌鼓を打ちながら、二人は色々な話をした。

お互いの話をして、関係ない雑談に花を咲かせ。

そして良い雰囲気になってきたというところで――。

「――げえっ!?」

ムードをぶち壊す、この場所に相応しくない叫び声が聞こえてくる。

見ればそこには、アッシュを指さしてわなわなと震えているイライザと、

「あー……やあ」

「どもです」

アッシュのお邪魔をしてしまったと察し、気まずそうにしているライエンとスゥの姿があった。

報告を終えてから学院に戻る気にもならず、ティータイムにこの店を利用しようとしていたのだろう。

「まあ折角だし、皆で話すか。いいかな、メルシィ？」

メルシィと話すのも楽しいが、ライエンたちと勝利の余韻を味わうというのも悪くない。であればするのは当然、両方取りだ。

「――ええ、もちろんですわ」

悪役令嬢っぽい言葉遣いに戻ってしまったメルシィに笑いながら、ライエンたちを招き寄せる。

今までの人生には、筋書きがあった。

けれどそのシナリオを他ならぬアッシュが壊したことで、ここから先の未来には、真っさらな白紙のページばかりが広がっている。

ここから先に人生という物語を紡いでいくのは、アッシュ自身。

死の運命をねじ伏せた今この場所からが、本当の意味でのスタートだ。

彼の物語は、まだまだ始まったばかり――。

《了》

あとがき

初めましての方は初めまして、そうでない方はお久しぶりです。

しんこせいと申す者でございます。

突然ですが皆さんには、大切なものはありますでしょうか。

たとえば自分が生きていくために必要な芯であったり、必要不可欠なものであったり、かけがえのない誰かだったり……。人によって様々だとは思いますが、そういったものがあるのとないのとでは、生き方も変わってくるよなと最近よく思います。

自分は友人に「お前は欲のない人間だよな」と言われることがあります。

たしかに考えてみると、そうかもしれません。

服はファストファッションで揃えますし、家電はアウトレット品、高い創作料理屋なんかには行かずもっぱら大衆居酒屋……けれど、現状で十分満足なんですよね。

ただ欲がないのかと言われれば、決してそんなことはなく。欲であり、同時に大切にしていることが僕にもあります。

それは常に創作に触れていたいという欲求です。

なので今も欲の赴くままに、このあとがきを書いております。

なぜただお話を書きたいだけなのに、確定申告をしなければならないのでしょうか……税理士さんありがとう、いつも助かってます。

とまあ、関係のない話はこのくらいにしておきまして。

『お助けキャラ』第二巻、いかがでしたでしょうか。

自分はあとがきに本文の内容絶対書かないマンなので、中身についての言及は致しません。

アッシュたちの戦いを最後まで見届けてもらえたのなら、幸いでございます。

次に謝辞を。新編集のO様、色々と細かくやり取りをしてくださってありがとうございます。

イラストレーターの桑島黎音様、お忙しい中美麗なイラストを届けてくださりありがとうございます。

コミカライズを担当して下さっている別所ユウイチ様。動きを出すために色々と細かい部分の調整や変更をしてくださりありがとうございます。

動いているアッシュやメルシィを見ることができて感無量です！

引き続きよろしくお願い致します！

そして最後に、今こうしてこの本を手に取ってくれている読者様に何よりの感謝を。

こうして出版することができて、僕は本当に幸せ者です。

この気持ちだけは、いつまでも褪せることなく持ち続けていたいです。

では、日の目を見ることになった幸運を改めて噛み締めながら、今回は筆をおかせていただこうと思います。

それでは、また。

しんこせい

唯一無二の最強テイマー
～国の全てのギルドで門前払いされたから、他国に行ってスローライフします～
原作：赤金武蔵　漫画：田村紘一
キャラクター原案：LLLthika
異世界還りのおっさんは終末世界で無双する
原作：羽々音色　漫画：ダンタガワ
ジャガイモ農家の村娘、剣神と謳われるまで。
原作：有郷　葉　漫画：たぢまよしかづ
キャラクター原案：黒兎ゆう

雷帝と呼ばれた
最強冒険者、
魔術学院に入学して
一切の遠慮なく無双する
原作：五月蒼　漫画：こばしがわ
キャラクター原案：マニャ子
どれだけ努力しても
万年レベル0の俺は
追放された
原作：蓮池タロウ
漫画：そらモチ
モブ高生の俺でも冒険者になれば
リア充になれますか？
原作：百均　漫画：さぎやまれん　キャラクター原案：hai
COMIC
NOVA
ノヴァ
https://www.123hon.com/nova/
話題の作品
続々連載開始!!

転生貴族の異世界冒険録
～カインのやりすぎギルド日記～
原作：夜州
漫画：香本セトラ
キャラクター原案：藻
レベル１の最強賢者
原作：木塚麻弥
漫画：かん奈
キャラクター原案：水季
我輩は猫魔導師である
原作：猫神信仰研究会
漫画：三國大和
キャラクター原案：ハム